KB017044

벌레들

이 도서의 국립중앙도서관 출판시도서목록(CIP)은
서지정보유통지원시스템 홈페이지(http://seoji.nl.go.kr)와
국가자료공동목록시스템(http://www.nl.go.kr/kolisnet)에서
이용하실 수 있습니다.
(CIP제어번호 : CIP2013019651)

바다로
간 009
달팽이

역사 테마 소설집

벌레들

강기희 • 이성아 • 홍명진 • 최용탁
신혜진 • 이시백 • 이순원

북멘토

차례

추천의 글

동몽군

강기희

강원도 정선 출생.
1998년 『문학21』 신인상을 받아 등단했습니다.
그동안 장편소설 『동강에는 쉬리가 있다』, 『은옥이 1, 2』,
『도둑고양이』, 『개 같은 인생들』, 『연산』 등을 썼습니다.
2000년 제1회 디지털문학대상을 수상했습니다.

정선관아 옥사^{獄舍}는 정선에서 봉기를 일으킨 동학농민군 포로로 가득 차 있었다. 남녀 옥사가 따로 구분이 되어 있긴 했지만 끌려온 사람이 워낙 많은 터라 피 곤죽이 되어도 누울 공간조차 없었다. 옥사 마당과 형청, 동헌 등에선 죄인에 대한 형문이 하루 종일 이어졌고 관아 앞마당은 붙잡혀 간 가족의 행방을 수소문하는 사람들로 장사진을 이루었다. 가족의 생사만 알려 주는 데도 몇 푼의 돈이 오고 갔고, 면회라도 할라치면 돈 꾸러미를 들이밀어야만 가능했다.

형청의 군졸이 무창을 불러낸 것은 그가 포로가 된 지 사흘이 지나서였다. 형청에 이르니 심문관이 있고 연희도 불려 나와 있었다. 심문관은 두 사람을 흥미로운 시선으로 한참 동안 바라보더니 잠시 후 형문을 시작했다.

"저년과 혼례를 약속했다지? 그날이 시월 보름이라고 했던가?"

채찍을 든 최만술이 연희의 몸을 흘깃하더니 빙글빙글 웃으며 물었다. 정선관아 아전으로 있던 그는 지난 9월 정선과 영월, 평창, 강릉 등을 접수한 동학농민군을 피해 원주까지 도망을 쳤던 인물이다. 그랬던 그가 어떻게 심문관이 되었는지 모르겠지만 정선에 진주한 왜군과 특별한 관계에 있는 것만큼은 분명해 보였다.

"그러하오."

무창이 짧게 대답했다.

"지난 기축년(1889년) 정선민란을 주도했던 도적 두목 김욱천의 자식 김무창과 갑오년 동학농민군 두목 지왈길의 여식 지연희가 혼례를 치른다…… 이거 정말 멋진 일이군. 도적들끼리 사돈을 맺고 그 자식들이 혼례를 치르다니 세상이 크게 놀랄 일이야. 하지만 그렇게는 못 하지. 도적들끼리 흘레를 붙으면 도적밖에 더 낳겠나? 그건 아니 될 일이지. 절대로!"

"혼사는 인륜지대사요. 우리의 성스러운 혼사를 그런 식으로 모독하지 마시오."

무창이 최만술을 노려보며 말했다.

"그래? 그렇겠지. 동학도 놈들이 하는 짓이니 그렇게 말하겠지. 그래, 이 풍성한 젖가슴은 만져 봤나?"

최만술이 연희의 젖가슴을 툭툭 치며 물었다. 연희가 움찔하며 몸을 움츠리자 최만술이 채찍으로 연희의 턱을 걸어 올렸다. 참다못한 무창이 가래를 크윽 끓어 올리더니 최만술의 얼굴에다 퉤 하고 뱉었다.

"개자식, 왜놈의 개 노릇이나 하는 주제에 어디다 손을 대!"

무창이 눈을 부라리며 소리쳤다.

"이런 도적놈의 새끼!"

최만술의 얼굴이 일그러지는 것과 동시에 채찍이 날아왔고 뒤이어 몽둥이질과 발길질이 이어졌다. 등허리가 찢겨 나가고 입안에선 부러진 이가 돌처럼 굴러다녔다. 미친 소처럼 길길이 날뛰던 최만술이 연희를 힐긋 보더니 "이런 새끼들은 종자를 말려야 돼!"라며 무창의 가랑이를 사정없이 걷어찼다. 무창은 비명도 지르지 못하고 숨만 컥컥 토해 냈다. 그 모습을 본 연희 또한 공포에 질린 채 동학수련법 13자 주문 '시천주 조화정 영세불망 만사지侍天主 造化定 永世不忘 萬事知'를 정신없이 읊조렸다.

"봤지?"

최만술이 목덜미로 흐르는 땀을 닦으며 13자 주문을 외고 있는 연희에게 다가왔다. 연희는 그런 최만술에게 가까이 오지 말라며 고개를 저었다.

"기분이 어떠냐? 더러울 테지. 하지만 어쩌겠어. 너희들이 암만 떠들어 댄다 한들 사람이 하늘인 세상은 오지 않을 텐데 말야. 아, 세상이 바뀌긴 했지. 우리 조선이 하늘처럼 떠받들던 청나라가 일본국에게 완패하여 즈이 나라로 쫓겨 갔거든. 그러하니 이제 우리 조선의 운명은 일본국에게 달려 있다 해도 과언이 아닌 것이지."

연희는 최만술의 말을 들으면서 아비가 한 말을 떠올렸다.

"나라 돌아가는 꼴이나 가는 곳마다 왜 나비들이 득시글거리는 걸 보니 암만해도 왜놈들이 조선 땅을 곧 차지할 성싶다."

충청도와 전라도 일대를 돌아보고 온 아비가 예견이라도 하듯 말했다. 여름이 막 시작될 무렵이었다.

"왜놈들이 조선을 먹겠다며 삼천리 강토를 들쑤시고 있는데 어찌하면 좋겠느냐?"

아비가 물었다. 동몽童蒙 몇을 모아 놓은 자리였다.

"조선의 뒤엔 청淸이 있질 않습니까."

준태의 대답에 지왈길은 고개를 저었다.

"청은 왜국을 이겨 내지 못할 것이다. 저들은 오랜 세월 중화의 맹주로 살아왔으나 이젠 너무 늙었다. 제나라도 지킬 수 없는 놈들이 무슨 힘으로 조선을 지켜 주겠느냐."

"그럼 이 지경으로 당하고만 있어야 합니까?"

무창이 눈을 치켜뜨며 물었다.

"당하긴 왜 당하오? 동학농민군이 있는데."

연희가 발끈하며 나섰다.

"그래, 연희 말이 맞다. 지금 삼남 지방에서 동학농민군이 봉기를 일으켜 전주까지 동학 세상, 농민 세상을 만들었다. 청군과 왜군이 들어오는 통에 잠시 화친을 맺긴 했지만 곧 도성으로 진격할 게다. 그러하니 우리도 그에 대한 준빌 해야 할 것이야. 왜놈들에게 우리의 땅을 빼앗길 순 없잖니."

아비 지활길이 말했다. 생각해 보면 아비의 예상은 빗나가지 않았다. 최만술의 말처럼 청군이 왜군에게 패퇴하면서 조선의 운명은 일본의 손바닥 위에 올려진 셈이 되고 말았다.

"시절이 그러하니 너처럼 고운 아이가 저런 놈하고 붙어먹는 건 매우 위험하다 이 말이지. 나무가 커야 그늘도 깊은 법. 저런 애송이는 널 지켜 줄 능력도 힘도 없지. 내 말만 잘 들으면 네가 비록 도적패 두령의 딸이라 해도 내 아무런 죄를 묻지 않을 것이며 호의호식은 물론이요, 비단금침이 깔린 집을 마련해 앞날을 창창하게 만들어 주지. 여자 팔자 뒤웅박 팔자라는 것 정도는 너도 잘 알 테니 지금 내가 하고 있는 말이 뭔 말인지 알 것이야. 조선의 운명이 일본에 있다면 느이 둘의 운명은 내 손에 있다는 걸 잊지 말도록. 또한 내가 은혜를 베풀 수 있는 시간도 그리 많지 않으니 잘 생각해 보도록, 응?"

최만술이 연희의 뺨을 쓸며 부드럽게 말했다.

다음 날 아침 식사는 주먹밥 하나씩이었다. 무창은 입안에 난 상처로 주먹밥조차 삼키지 못했다. 진시辰時가 끝나고 사시巳時가 시작될 즈음 군졸 둘이 와서는 무창을 끌어냈다. 전날과 달리 이번엔 무창 혼자만 끌려 나갔다. 심문은 오늘도 최만술이 맡았다.

"무창이 잘 잤는가? 어젠 내가 좀 심했지? 하지만 그건 시작에 불과하니 어제처럼 날 욕보이지 말게. 알았나? 아, 그리고 연희라는 아이 피부가 참 곱더구먼. 그 아이 덕분에 어젠 아주 잘 잤지. 연희만 생각해도 힘이 막 솟구치거든."

최만술이 그렇게 능을 치더니 입가에 옅은 미소를 달았다. 무창이 주먹을 불끈 쥐며 "더러운 입으로 연희를 농락하지 마! 내 언젠가 인민의 이름으로 네놈의 목을 따 버릴 것이야"라고 소리쳤다.

"그놈 성질 하고는. 내가 어제 말하지 않았던가? 느이가 원하는 세상은 결코 오지 않을 것이라고 말야. 느이 같은 도적패들이 농민 통치를 합네 어쩌네 하면서 집강소를 설치해 놓곤 삼정(전정田政 · 군정軍政 · 환정還政)을 개혁하네 하지만 따지고 보면 양반들 여식과 재산을 강탈한 거밖에 더 있나? 그건 개혁이 아니라 평등을 가장한 도적질이지. 그러하니 나도 동학농민군에 가담한 여인을 한번 취해 보겠다는데 뭐가 문제인가."

"그 더러운 입 닥치시오! 연희는 누가 뭐래도 내 사람이란 말이오."

"난 자유의 몸이고 무창이 자넨 영어의 몸이니 연희가 누구 품에 안길진 두고 보면 알게 되겠지."

"관아 아전으로서 더구나 부인이 있는 몸으로 어찌 남의 여인을 탐한단 말이오. 흑심을 멈추지 않는다면 내 조정에 고변하여 큰 벌을 받게 해 줄 것이오."

"허허, 내 말을 곧이듣지 않는구먼. 지금 조선 조정은 아무런 힘이 없네. 하물며 임금이라고 해서 날 함부로 할 수 있는 세상도 아니라는 말이지. 더구나 난 지금 일본인과 동등한 대우를 받고 있는 귀한 몸인데, 이런 나를 누가 감히 건드리겠는가."

말을 마친 최만술이 목젖이 보일 정도로 소리 내어 웃었다. 무창은 반드시 저놈의 혀를 뽑아 버리겠노라 중얼거리며 입안에 고인 피를 모아 땅바닥에 뱉었다.

"자, 입담은 이만하면 됐고 지금부터 본격적으로 심문을 시작하지."

최만술이 보에 쌓였던 서류 뭉치를 꺼내며 물었다.

"이번 동학농민군은 누가 조직했나?"

"모르오."

"그거야 당연히 지왈길을 비롯한 정선의 동학패들이 했을 것이니 그렇게 넘어가도록 하고…… 강릉관아를 칠 때 자네가 동몽군 대장을 맡았던데 어떤 역할을 했나?"

"선발대로 강릉관아에 들어가 농민군이 쉽게 들어올 수 있도록 문을 열어 주었소."

"강릉관아가 그리 쉽게 들어갈 수 있는 곳이 아닌데, 읍성을 넘었나?"

"동몽군 모두가 관노비로 변복하고 들어갔소."

"역시 천한 것들이라 그런 일은 잘하지. 그럼 농민군이 관아에 집강소를 설치한 이후엔 뭘 했나?"

"동몽군으로 남아 방을 붙이거나 성찰을 도와 부패한 양반들을 잡아 족치는 일을 했소."

"신이 났겠구먼."

"그렇소. 양반입네 거들먹거리는 놈들을 혼내 주는 일은 매우 즐거운 일이었소."

"아주 멋진 진술이군. 그럼 이 총은 어디서 났나?"

최만술이 총 한 자루를 들이밀며 물었다. 무창이 포로로 잡힐 때 소지하고 있던 총이었다.

"청군 장교의 것을 훔쳤소."

"허, 지금까지 잘 나가다가 왜 이러는가. 어제처럼 매타작을 당해 봐야 토설할 텐가."

"사실이오. 그건 당신도 알고 있는 일이 아니오."

"내가?"

최만술이 무슨 이야기인지 모르겠다는 표정을 지었다.

"지난 7월 청군이 후퇴하면서 정선에서 하룻밤 묵었는데, 그때 총 한 자루가 없어졌다고 해서 난리가 났던 일 말이오. 그때 그 총을 훔친 자가 바로 나요."

"아, 그랬지. 기억나는구먼. 청군 놈들의 화력을 떨어뜨렸으니 그건 아주 잘한 일이군. 근데 이 총으로 몇 명이나 죽였을까? 그게 갑자기 궁금해지는걸?"

최만술이 총구에 코를 대곤 화약 냄새를 킁킁 맡으며 말했다.

"민보단이 강릉관아에 있는 동학농민군을 치던 날 몇 발 쏘긴 했지만 어둠 속이라 누가 죽었는지는 모르겠소."

"정선에선? 여기에서도 전투가 크게 벌어졌는데 그땐 한 발도 쏘지 않았단 말인가?"

강릉의 민보단에 밀린 동학농민군은 백두대간을 넘어 두 고을로 갈라졌는데, 접주 이치택을 따라 1천 명이 평창으로 가고 나머지 2천 명은 접주 지왈길을 따라 정선으로 이동했다. 평창으로 간 동학농민군은 왜군과 관군 그리고 민보단까지 합세한 연합 부대와 전면전을 벌였지만 막강한 화력을 감당하지 못하고 정선으로 후퇴를 했다. 정선에서 전열을 정비한 동학농민군은 왜군과 민보단 연합 부대를 맞이하여 치열한 전투를 치렀다.

"이번 전투 때도 총을 쏘긴 했소. 하지만 그 총알은 왜군 근처에도 도달하지 못했소."

"좋아, 이 문제는 다음 기회에 다루기로 하지."

최만술이 총을 내려놓으며 말을 이었다.

"지왈길은 지금 어디에 있나?"

"모르겠소."

무창이 고개를 흔들었다. 그때 동헌 마당에서 사내의 비명 소리가 크게 들려왔다. 누군가의 형문이 시작된 모양이었다.

"모른다? 그럼 저자처럼 주리를 틀어 줄까? 아니면 낙형을 해 줄까?"

최만술이 인두를 찾아내 무창의 허벅지에 댔다. 섬뜩한 기운이 들었지만 아직 불에 달궈진 인두는 아니었다.

"그도 아니면 천하장사도 견딜 수 없다는 압슬형으로 할까?"

"정말 모르오. 왜군의 화력에 정신없이 밀리는 와중이라 접주께서 어디로 피하셨는지 전혀 모르고 있소."

다른 건 다 사실대로 말해도 지왈길의 은신처만큼은 발설할 수 없었다. 그가 잡히면 후일을 도모할 수 없는데다 정선 일대의 동학도인들에게 돌아갈 피해 또한 막심할 것이 자명했다.

"좋아, 자네 말을 믿어 주지. 그러나 자넨 몰라도 연희는 애비의 행방을 알겠지. 그렇지 않은가?"

최만술이 그렇게 말하고는 대기하고 있던 군졸에게 무창을 데리고 가고 옥사에 있는 연희를 끌고 오라고 명했다.

사흘이 지났다. 오늘은 연희가 먼저 형청으로 끌려 나갔다. 옥사를 나가던 연희는 무창에게 걱정 말라는 말을 입 모양으로 보여 주었다. 무창이 알았노라 고개를 끄덕였지만 그렇다고 마음이 편해진 것은 아니었다. 무창은 그동안 최만술이 연희에게 어떤 행동을 했고 또 어떤 말로 지왈길의 소재를 파악하려 하는지 물어보고 싶었으나 그 기회는 좀처럼 오지 않았다.

무창은 하루 전 최만술에게 낙형을 받아 눕는 것도 앉아 있는 것도 힘들었다. 동몽군의 명단을 대라는 대목에서 무창이 입을 닫자 최만술은 낙형을 가했다. 최만술은 달궈진 쇳덩이를 허벅지와 등에 대고 무창이 혼절을 할 때까지 살을 태웠다. 무창은 두 차례나 혼절을 했고 그 상처는 하루가

지나고서야 얇은 딱지가 앉았다.

연희가 형문을 받고 있는 시간, 무창은 옥사 기둥에 기대어 하늘을 올려다보았다. 옥사에서 바라본 하늘은 좁지만 눈이 부실 정도로 푸르렀다. 가을이 한창 깊어 가는 중이었다. 무창은 미간을 찌푸리며 옥사 기둥에 머리를 박았다. 잠시 고요하다 싶더니 고함 소리와 채찍 돌아가는 소리와 비명 소리가 뒤섞여 들려왔다. 무창은 귀를 곤두세우고 비명 소리가 누구의 것인지 짐작해 보았다. 굵은 음성으로 미루어 정선 집강소 서기를 맡았던 사내가 분명했다. 해 그림자가 옥사 담벼락에 바싹 붙을 즈음 주먹밥이 날라졌다. 무창은 건네주는 주먹밥 하나를 받아 입에 물었다. 무창이 주먹밥을 어적어적 씹고 있을 때 동학농민군 여럿이 오라에 묶여 옥사로 오고 있었다. 그중엔 친구이자 동몽군으로 함께 활동한 준태도 끼어 있었다. 반가운 마음에 "준태야!" 하고 불렀다. 무창이 소리치자 준태가 "무창아, 너 여기 있었구나. 보이지 않아 죽은 줄만 알았잖어" 하며 눈물을 글썽거렸다.

"짜식, 내가 왜 죽어. 이렇게 팔팔하게 살아 있는걸."

무창이 씨익 웃으며 손을 흔들어 주었다.

준태의 옥사는 무창의 옆 옥사로 정해졌다. 같은 공간이 아니어서 아쉽긴 했지만 가까이 있는 것만으로도 마음이 든 든했다. 이후 두 사람은 옥졸의 눈을 피해 바깥 상황에 대해 이야기를 나누었다. 준태의 말로는 왜군과 민보단이 흩어진 동학농민군을 추포하기 위해 정선 일대를 샅샅이 뒤지고 있고 지왈길은 남은 농민군을 이끌고 고양산으로 숨어들었다고 했다. 지왈길이 무사히 고양산에 당도했다는 말에 무창은 안도의 숨을 내쉬었다. 고양산이라면 곰목이재 아랫마을로 갔을 것이다. 그곳은 골이 깊은데다 농토도 적잖이 있어 농민군이 은신하기에 맞춤했다.

"왜군이 동학도를 잡겠다며 민가를 불태우는 것도 모자라 남편이 부재중인 아낙들은 도적의 가족이라며 욕을 보이기까지 하더라."

"개새끼들!"

준태의 말을 듣던 무창의 입에서 거친 욕설을 쏟아졌다. 임진년에 일어난 왜란으로 나라가 쑥대밭이 된 후 3백 년이 흘렀건만 조선은 그때나 지금이나 변함이 없었다. 임금은 여전히 임금 노릇을 하지 못했고, 신하 또한 신하의 노릇을 하지 못하니 나라가 제대로 굴러갈 리 만무했다. 그렇게 되니 강상綱常은 있되 지키려는 자가 없었고, 양반은 있되 책임을 다하는 양반이 드물었다. 그 결과 조선은 외세의 먹잇감으로 전락했고, 임오군란과 갑신정변을 계기로 왜국이 조선을 야금야금 먹어 가고 있었다.

"아참, 연희는 어떻게 됐어?"

준태가 그제야 생각났다는 듯 물었다.

"연흰 형청에 불려 갔어. 여기 있으면 시도 때도 없이 불려 나가야 해. 아, 그리고 저놈들이 너에게도 동몽군에 대해 물을 거야. 그러면 날 핑계 대며 대충 둘러대. 알았지?"

그런 이야기를 나누고 있는데 옥졸이 준태를 끌어냈다. 준태가 비장한 표정을 지으며 옥사를 나섰다.

"사람이 하늘이다. 우리의 하늘을 지켜 내자!"

무창이 준태가 들으라는 듯 크게 소리쳤다. 무슨 일이 있어도 지왈길의 소재지를 발설하지 말라는 뜻을 담은 외침이었다. 준태가 무슨 말인지 알아들었다는 듯 고개를 끄덕였다. 한낮에 형청으로 끌려간 준태는 밤이 이슥해서야 옥사로 돌아왔다. 그는 여기저기 피멍이 들어 있었으며 힘이 들었던지 그 자리에 고꾸라졌다.

"무창아, 저놈들은 사람이 아니다……."

혼절했던 무창이 눈을 뜬 건 연희와 혼례를 올리는 꿈을 꾸던 중이었다. 수줍은 듯 고개를 숙이고 있는 연희의 자태는 꽃잎을 막 여는 접시꽃마냥 고왔고, 입가에 머금은 미소는 순하면서도 고혹적이었다. 그 모습을 본 무창은 숨이 멎은 듯 움직임을 잊고 있었지만, 초례청에 모인 사람들은 무창과 연희를 번갈아 바라보며 왁자하게 웃었다. 하하, 무창이 녀석 군침 흘리는 것 좀 봐라. 아유, 참 곱다. 선녀가 따로 읊어야. 연희 엉덩짝이 박덩이만 한 게 아이를 열은 족히 낳겠구먼. 하하. 천생연분일세그려.

무창이 꿈에서 깨어난 건 돌아가며 말 잇기를 하던 사람들의 웃음이 끝난 이후였다. 맑던 하늘에 갑자기 먹구름이 몰려오더니 천둥과 함께 돌풍이 미친 듯 휘몰아쳤다. 그러자 초례청의 병풍과 집기들이 바람에 날렸고 하늘에선 먹물을 뿌리는 듯 흑비가 거칠게 쏟아졌다. 초례청에 모인 사람들의 옷이 검게 젖어 드는가 싶더니 거품을 물고 쓰러지는 사람도 생겨났다. 혼례는 엉망이 되었고 사람들은 두려움과 공포에 질린 얼굴을 한 채 황망히 초례청을 빠져나갔다. 곱던 연희의 얼굴도 흉하게 일그러졌고, 주변으로는 고양이 울음소리가 가득했다. 이 모든 것이 찰나에 일어났고 무창은 비명을 지르며 눈을 떴다.

괴이한 꿈이었다. 무창은 건너 옥사에 갇혀 있는 연희를 찾았다. 하지만 연희는 보이지 않았다. 아비 때문이라도 그녀가 받는 형문의 강도는 몇 배나 더했는데 또 끌려간 게 틀림없었다. 연희의 아비 지왈길이 잡히지 않는 한 그녀에게 가해질 형문은 결코 멈추지 않을 것이었다.

"깨어났구먼."

곁에서 누군가 낮은 음성으로 말했다. 돌아보니 동학농민 군이 강릉관아를 칠 때 대열 앞에서 북을 치던 사내였다. 민 보단과 왜군의 연합 부대가 정선을 공격했을 때 포로로 잡 힌 그 역시 며칠째 이어지는 고문을 힘겹게 견뎌 내고 있었 다. 무창이 멍한 표정으로 있자 그가 말을 이었다.

"저놈들이 우리의 씨를 말리려고 하니 몸을 아끼게."

사내가 입가로 흐르는 피를 훔치며 말했다.

"연희가 보이지 않아요."

"연흰 왜놈들이 데려갔어."

"왜놈들이 왜요?"

"지왈길 대장을 잡아 보려고 수작을 꾸미는 거겠지."

말을 마친 사내는 쓴 물을 한 차례 게워 내고는 통증이 몰 려오는지 숨을 가쁘게 쉬었다. 무창은 옆 옥사로 가 준태를 찾았다. 그러나 준태도 보이지 않았다. 이상한 느낌이 들어 옥졸에게 준태의 행적을 물으니 군졸이 데리고 갔다는 말 이 돌아왔다.

점심때가 지나자 군졸이 무창을 끌어냈다. 처음 보는 군 졸이었다. 군졸을 따라 형청으로 가자 역시 처음 보는 자 가 기다리고 있었다. 그는 왜군복을 입고 있었으며 금장식 이 된 긴 칼을 차고 있었다. 무창이 무르춤하며 서 있자 그 가 앉으라는 손짓을 했다. 무창이 준비된 의자에 앉자 그는 자신은 일본군 대위이며 이름은 오오카미라고 소개했다. 이어 그는 조선말로는 이리라고 하니 이리라고 불러도 된다는 말도 덧붙였다. 그래서 그런지 오오카미의 눈매는 이리처럼 날카로웠고 손짓 하나에도 살기가 서려 있었다. 무창이 고개를 끄덕이자 자신이 말을 더듬기는 하지만 조선말을 읽고 쓰는 데 아무런 문제가 없으니 형문을 시작하자고 했다.

"김무창, 16세. 민란 괴수의 아들에다 동학농민군에서 동몽군 대장으로 활동하다 포로가 되다…… 게다가 도적패 두목 지왈길의 사위가 될 몸이라…… 화려한 이력이로군. 네놈은 동학당에 언제 입도했는가?"

"어릴 때였소. 아버지를 따라다니다 자연스럽게 입도했으니 정확한 시기는 모르오."

"동학당에서 뭘 배웠는가?"

"사람은 태어남에 있어 차별이 있을 수 없으며 어느 누구를 막론하고 사람답게 살 권리가 있다고 배웠소."

"조선에서 그런 일이 가능하다고 보는가?"

"척양척왜斥洋斥倭, 당신들이 조선을 떠나면 이루어질 것이오."

"하하, 도적 괴수의 아들답구만."

오오카미가 한바탕 웃더니 주머니에서 총알 한 개를 꺼냈다.

"이 총알을 기억하는가?"

오오카미가 무창 가까이에 총알을 놓으며 물었다. 무창이 고개를 갸웃하자 오오카미가 말을 이었다.

"일본군 시신에서 나온 것인데 네놈의 총에서 발사된 것이지."

"난 일본군을 죽이지 않았소."

"네놈이 가지고 있던 총은 청국이 불란서와의 전쟁에서 패할 때 청국에 남겨진 총인데 조선에서는 매우 귀한 총이라 할 수 있다. 그 총을 네놈이 사용했고 발사된 총알은 우리 충성스런 일본군의 심장을 관통했다. 이래도 죽이지 않았다 할 것인가?"

오오카미가 탁자를 내리치며 무창을 쏘아보았다. 잠시 후 오오카미는 주머니에서 또 다른 총알 하나를 꺼냈다.

"이 총알은 기억하는가?"

"모르겠소."

"네놈이 포로로 잡혔을 때 몸에서 나온 총알인데도 기억이 없다는 것인가?"

무창이 입을 꾹 닫고 있자 오오카미가 천천히 칼을 뽑았다. 칼은 스르렁 소리를 내며 무창의 목덜미로 옮겨졌다.

"기회는 단 한 번이다. 말하라!"

"말하리다. 그 왜군 내가 죽였소! 조선 인민들 지키자고 내가 죽였소. 그게 죄란 말이오?"

무창이 벌떡 일어나며 소리쳤다. 그러자 곁에 있던 군졸이 들고 있던 총으로 무창의 어깨를 내리쳤다.

연희와 준태는 밤이 되어도 돌아오지 않았다. 어디로 간 것일까? 옥에서 풀려났는지 아니면 다른 곳으로 끌려갔는지 둘의 행방에 대해 아는 사람도 없었다. 그 둘은 다음 날도 그 다음 날도 옥사로 돌아오지 않았다. 답답한 시간이 촘촘하게 흘러갔다. 일본군 대위 오오카미를 만난 후부터는 무창을 찾는 군졸도 없었다. 그 무렵 무창의 상처는 점점 아물고 있었지만 옥사에서의 피비린내는 더 많이 났다. 시간이 흐르며 고문을 받다 쓰러지는 이들도 속출했다. 혹독한 고문을 견디지 못하고 스스로 혀를 깨물고 죽음을 선택하는 이도 있었다. 옥사엔 비명 소리가 가득했고 피 냄새와 살이 타 들어 가는 냄새가 주변을 떠돌았다.

그렇게 닷새가 흘렀고 무창은 일본군을 사살한 혐의를 받아 효수형이 확정되었다. 옥사 동료들이 무창을 위로했지만 정작 무창은 아무렇지도 않았다. 연희와 혼례를 올리지 못하는 게 한스러웠지만 이렇게 사느니 차라리 죽는 게 낫다는 생각을 하고 있던 참이었다. 어찌 보면 아비가 민란 괴수로 효수형을 받았으니 자식이 아비의 길을 따라가는 게 당연한 일인 듯도 싶었다.

효수형이 확정되자 무서울 것도 두려울 것도 없었다. 왜군을 향해 척양척왜를 아무리 외쳐도 매질을 하는 군졸이나 달려오는 왜군도 없었다. 그것도 심심하다 싶으면 13자 주문을 소리 높여 외다 느닷없이 오오카미를 향해 반드시 복수하겠노라 소리치기도 했다. 그러나 어둠이 내리고 밤이 오면 무섭고 두려웠다. 피 냄새와 신음 소리가 떠도는 옥사의 밤이 거대한 관처럼 느껴졌고, 사람들은 죽음을 청하기 위해 눈을 감고 있는 것만 같았다. 밤이 더 깊어졌을 땐 마지막 밤이 될지도 모른다는 생각에 눈물이 왈칵 솟구쳤고 연희가 미치도록 보고 싶었다.

이튿날 오후 준태가 돌아왔다. 그는 어디에 갔었는지 말도 하지 않고 잠에 떨어졌다. 준태의 코 고는 소리가 더욱 크게 들릴 즈음 지왈길이 추포되어 관아로 압송되고 있다는 소문이 돌았고, 이어 왜군과 관아 이서배 들이 풍악을 울리며 술판을 벌였다. 그 술판은 옥사 마당까지 이어졌고 옥졸들도 거나하게 취해서는 한마디씩 쏟아 냈다.

"도적패 두목을 잡았으니 이제야 두 발을 쭉 뻗고 자겠구려."

"그렇고말고요. 내 그동안 피 냄새 맡으며 사느라 골치가 다 아팠다니깐요."

옥사에 갇혀 있던 사람들은 처음엔 옥졸들의 말이 무슨 뜻인가 고개를 갸웃했다. 시간이 지나자 지왈길이 추포되었다는 소문은 사실로 밝혀졌고 모두들 망연자실하여 고개를 떨구었다. 그 순간 무창은 준태를 바라보았다. 코 고는 소리는 더 이상 나지 않았고, 준태의 어깨가 조금씩 들썩이고 있는 게 보였다.

"혹, 준태……가?"

하늘은 더없이 푸르렀다. 추수를 끝낸 들은 더없이 쓸쓸했고, 주변의 산들은 말없이 마을을 굽어보고 있었다. 효수대가 만들어진 관아 앞은 인파로 가득했다. 그중엔 고양산으로 들어갔던 농민군도 섞여 있었다. 다들 지왈길과 무창의 마지막 모습을 지켜보기 위해 모인 사람들이었다. 오시午時가 되자 관군과 왜군이 효수대 주변을 둘러쌌다. 잠시 후엔 지왈길과 무창이 효수대로 끌려 나왔고, 인파 속에서 탄식이 흘러나왔다. 이어 형을 집행하는 집행관과 회자수까지 등장하자, 여기저기에서 울음이 터져 나왔다.

"연희가 사라졌습니다."

"이런, 준태가 연희에 대해 말하지 않았나 보구나."

"연희에게 무슨 일이 생겼습니까?"

"그 아이가 고양산까지 인질로 끌려왔더구나. 그런데 날

살리려 도망치다가 왜군의 총에 먼저 갔구나. 곧 만나게 되겠지."

지왈길이 푸른 하늘을 올려다보며 눈시울을 적셨다.

"준태가 접주님이 계신 곳을 알려 준 게 아니었군요."

"그 아인 아무런 죄가 없다. 저들의 위협에 못 이겨 연희를 따라 고양산까지 왔던 것뿐이니 언젠가 만나더라도 아무것도 묻지 마라."

"그리하겠습니다."

무창이 눈물을 흘리며 13자 주문을 읊었다.

정오시가 되자 집행관이 형을 집행하라는 명을 내렸다. 둥둥 북소리가 울리자 날선 칼을 든 회자수가 효수대로 나왔다. 두 명의 회자수가 빙글빙글 칼춤을 추자 사람들 사이에서 탄식과 비명이 동시에 터져 나왔다.

"무창아, 잘 가거라. 우리가 꿈꾼 세상은 다음 생에서나 이루어 보자꾸나."

"예, 접주님. 다음 생에선 지지 말고 이기는 싸움만 하자구요! 예?"

"그래, 그러자꾸나."

북소리가 더욱 커지자 회자수의 몸놀림도 빨라졌다. 그러던 어느 순간 피가 하늘로 솟구쳤고 지왈길의 목과 무창의 목이 모랫바닥을 뒹굴었다. 관아 앞에 모인 민중들이 오열하며 효수대로 달려들었다. 효수대를 지키고 있던 왜군과 관군이 민중들을 막아섰다. 총소리가 몇 번 나고서야 사태는 진정되었고, 잠시 후 지왈길과 무창의 목이 삼문 앞에 효수되었다. 그 모습을 지켜보고 있던 최만술과 오오카미는 결과에 만족한다는 듯 입가에 미소를 달며 관아 안으로 사라졌다.

오늘 다시 '동학의 정신'을 생각합니다

1860년 최제우에 의해 창시된 동학은 1864년 최제우의 죽음과 이필제의 난으로 기록된 영해농민항쟁(1871년)의 실패로 최대의 위기를 맞이했습니다. 사교로 지목된 동학이 반란의 주역이 되면서 교도들은 관헌에 붙잡혀 처벌을 받고 재산도 몰수당했지요. 그렇게 무너진 동학을 재건한 사람이 해월 최시형입니다. 경상도를 떠난 그는 1872년 정선과 단양, 영월 등지로 숨어 다니며 동학을 비밀리에 전파했습니다. 강원도와 충청도에서 동학 재건에 성공한 해월은 전라도로 포덕을 떠났습니다. 1890년이 되자 전라도 동학의 세가 커지기 시작했고 이는 지방 수령과 관리 들의 폭정을 견디지 못한 민중들이 대거 동학에 입교했기 때문이었습니다.

당시 조선 정부는 나라를 이끌어 갈 힘도, 도탄에 빠진 민중을 구제할 능력도 없었습니다. 민중들은 착취와 가난이라는 이중고에 시달려야 했고, 그러한 민중 앞에 삼정의 개혁은 물론이고 척양척왜를 부르짖으며 신분 철폐와 함께 '사람이 하늘이다'라는 평등 사상을 내세운 동학이 나타난 것입니다. 그때의 동학은 민중들에겐 가뭄 끝의 단

비와 같았습니다. 급격하게 세를 불리던 남접, 즉 삼남 지방의 동학교도들이 1894년, 봉기를 일으켰고 시발은 고부였습니다. 고부군수 조병갑의 폭정을 견디다 못한 동학농민들이 총과 죽창을 든 것입니다.

전봉준이 이끄는 남접은 삽시간에 삼남 지방을 장악하고 집강소를 설치한 후 농민통치를 시작했습니다. 이때만 해도 강원도를 비롯한 북접은 정세를 관망만 하고 있었습니다. 이미 이필제의 난으로 인해 동학이 고사 위기에 빠졌던 경험을 겪었기 때문에 신중을 기할 수밖에 없었던 거지요. 하지만 청일전쟁에서 일본이 승리를 거두자 가만히 있을 수만도 없게 되었습니다. 이대로 있다가는 조선이 위험했고 삼남 지방의 동학농민군이 위험했기 때문입니다. 정선 일대의 동학교도들은 사발통문을 돌렸고, 그해 9월 정선에 3천 명의 동학농민군이 모였습니다. 그들은 곧장 백두대간을 넘어 강릉관아를 쳤습니다. 그리고 강릉관아를 접수한 농민군은 집강소를 설치하고 농민통치를 시작했어요. 농민군은 농민통치를 벌인 지 닷새 만에 강릉 지역의 민보단 공격을 받고 정선으로 되돌아왔습니다.

당시 민보단民保團은 동학농민군을 토벌하기 위해 각 지방의 토호나 양반 들이 조직한 민간인 군대였습니다. 이들은 왜군과 관군의 지원을 받았고 전투 중에는 연합 부대로 편성돼 동학농민군을 공격했습니다. 강릉을 점령했던 농민군 3천 명이 강릉 토호들이 조직한 민보단에 의해 후퇴를 한 걸 보면 그들의 화력과 병력이 어느 정도였는지 짐작할 수 있습니다. 이후 민보단은 각 지역에 조직되었으며 농민군이 있는 곳이면 어디든 나타나 토벌에 참여했습니다. 강원도의 동학농민군이 패한 것도 민보단이 왜군과 합세했기 때문이었는데, 그 세가 농민군을 넘어섰습니다. 북접인 정선의 동학농민군은 왜군과 민보단으로 인해 봉기 두 달 만인 그해 11월에 막을 내리게 되었고, 그로 인해 많은 이들이 희생되었지요.

시대와 상황은 다르지만 해방 후 민보단이 다시 만들어져 각지의 빨치산을 토벌하는 데 앞장섰습니다. 그들은 제주4·3에 나섰던 민중들을 토벌하는 일에도 나서 악명을 떨쳤습니다.

동몽군童蒙軍은 전국적으로 조직되어 있었으며 동학농민군 내에서 혼인을 하지 않은 사람이 이에 해당되었습니다. 동몽군은 동학농민군이 농민통치를 위해 집강소를 설치하면 집강의 명을 받아 행정을 보좌하는 서기와 치안을 담당하는 성찰, 행정을 관리하는 집사 등을 보좌하는 일을 하다가 전투가 벌어지면 직접 전투에 참가하거나 적진을 살피는 척후 활동과 부대와의 연락을 주고받는 연락병 임무를 맡았습니다.

이 글에 등장하는 무창과 준태, 연희도 동몽군으로 동학농민군에 참가하여 민보단과 왜군을 상대로 전투를 벌이다 포로로 잡혔습니다. 숱한 고문이 이어졌고 동학농민군 지도자 지왈길의 죽음으로 농민군은 와해되었으며 동학교도들이 꿈꾸던 세상은 이루어지지 못했습니다. 동학농민혁명이 실패로 돌아가자 조선은 일본에 굴복했고 이어 식민지가 되었습니다. 척양척왜만이 살길이라던 동학의 정신이 오늘날까지 그리운 이유가 여기에 있습니다.

● 강기희

1882	임오군란
1884	갑신정변
1894	동학농민운동
1910	한일강제병합
1919	3·1운동
	상하이 대한민국 임시정부 수립
	항일 무력독립운동 단체 '의열단' 조직
1943	카이로 선언
1945	포츠담 선언
	8·15광복
1948	제주 4·3 발생
	대한민국 정부 수립
1949	국민보도연맹 조직
1950	6·25한국전쟁 발발
1953	휴전협정
1960	3·15부정선거
	4·19혁명
1961	5·16군사정변
1969	삼선개헌
1972	계엄령 선포, 유신정권(제4공화국 출범)
1979	부마민주항쟁
	10·26사건
	12·12사태
1980	비상계엄령 발령(삼청교육대 설치)
	5·18민주화운동
1981	제5공화국 출범
1987	6월항쟁, 6·29민주화선언
1988	제6공화국 출범
1993	문민정부 출범
1997	IMF구제금융 요청
1998	국민의 정부 출범
2002	한일월드컵 개최
	미선·효순사건 발생

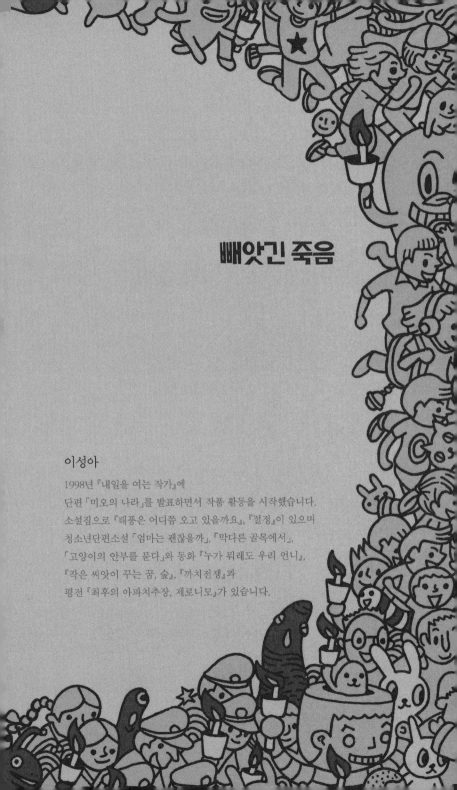

빼앗긴 죽음

이성아

1998년 『내일을 여는 작가』에
단편 「미오의 나라」를 발표하면서 작품 활동을 시작했습니다.
소설집으로 『태풍은 어디쯤 오고 있을까요』, 『절정』이 있으며
청소년단편소설 「엄마는 괜찮을까」, 「막다른 골목에서」,
「고양이의 안부를 묻다」와 동화 『누가 뭐래도 우리 언니』,
『작은 씨앗이 꾸는 꿈, 숲』, 『까치전쟁』과
평전 『최후의 아파치추장, 제로니모』가 있습니다.

덥지도 춥지도 않은 봄날이외다. 봄옷 깨끗이 차려입고 허리춤에는 술병 하나 차고 구름 따라 냇물 따라 서늘한 바람을 찾으면 더없이 좋을 그런 날입니다. 그러나 이내 몸은 한 평 감옥에 갇힌 사형수, 마음만 벌써 저만치 흘러가고 있습니다. 그렇게 흘러간 그곳에 그대가 나를 기다린다면 얼마나 좋을까요. 그대와 마주 앉아 술 한잔 나눌 수 있다면, 어찌 기쁘지 아니하리오. 몸이 묶여 있으니 마음은 오히려 더없이 가볍고 평온하외다. 가련한 이 몸으로 뭐라 표현하기 어려운 묘한 기분만 들락거립니다.

천성환天城丸을 탈 때부터 기분은 더없이 묘했습니다. 폭탄을 품고 혈혈단신 적국으로 숨어드는데 적국의 배를 타고 있으니 말입니다. 마치 원수의 배 속에 들어앉아 있는 기분이었지요.

내가 정정당당히 조선을 통해 일본으로 가겠다고 했을

때, 그대는 말했지요.

"두말할 것 없이 저도 찬성입니다. 그렇지만 지금 우리 사정으로는 무기는커녕 동지의 여비조차 마련해 줄 수 없는 형편입니다. 그러니 제가 가라 마라 말을 할 수 없습니다."

그때 그대의 표정이 어찌나 참담하던지요. 반년 넘게 공들인 거사가 물거품이 되었으니 그 애달픈 심정을 어찌 말로 표현할 수 있으리오. 소중한 동지들을 잃고 국내 조직은 전부 와해되었는데 그게 다 조선인 밀정 때문이라니, 놈들을 찾아 잘근잘근 씹어 먹어도 분이 풀릴 것 같지 않았습니다. 일망타진의 그물에서 도망쳐 온 나는 한 날 한 시도 복수의 칼을 갈지 않은 날이 없었습니다. 야수와 같은 날들이었지요. 그런 판국에 일본에서 관동대지진이 터진 겁니다. 더는 참을 수가 없었지요. 자기 나라의 흉흉해진 민심을 수습하려고 조선인이 우물에 독약을 탔다는 등 유언비어를 퍼뜨리며 동포들을 폭도로 몰아 수천 명을 학살하다니, 이보다 경천동지하고 천인공노할 일이 하늘 아래 또 있을까요.

나는 당장 일본으로 쳐들어갈 생각이었습니다. 나에게는 3년 전 최윤동 동지에게 얻어 둔 폭탄 세 개가 있었거든요. 그러나 그대는 역시 의열단 단장답게 냉철했습니다. 흥분한 기분에 곧바로 조선을 통과해서 일본으로 갔다면 도착도 하기 전에 잡혔을 겁니다. 놈들의 첩보망은 촘촘하기가 거미줄보다 더 했으니까요. 물샐틈없다는 말 딱 그대로였지요. 폭탄 거사는 그렇다고 쳐도 약간의 군자금을 모집하려고 잠입했던 동지들까지 단 한 명도 빠짐없이 잡혔을 때는 절망하지 않을 수 없었지요.

"일본 놈들의 통치가 이렇게도 견고하단 말입니까."

주먹으로 벽을 치던 그대는 끝내 눈물을 떨구었소이다. 이제 생각해 보니 그대의 눈물을 그때 처음 본 것 같군요. 약관의 나이 스물에 의열단 단장을 맡아야 했던 약산 김원봉, 그대는 얼마나 고독했을지, 무기를 마련하고 단원들을 먹이고 입히는 자금 조달까지 그 책임감은 또 얼마나 무거웠을지, 동지들을 사지로 떠나보내고 그들의 투옥과 고문에서부터 죽음까지 홀로 삭이는 일은 그 얼마나 피 말리는 일이었을지, 그러나 조국 독립에 대한 조금도 흔들림 없는 신념과 투지 그리고 수행승처럼 고요하고 냉철한 그대 외에 누가 그 일을 감당할 수 있었으리오. 백척간두에 선 자의 추상같은 고독을 견딜 자가 누가 또 있겠소.

역시 그대는 곧 자신을 추스르고 내가 일본으로 무사히 잠입할 수 있는 루트를 만들어 냈지요. 일본 외항 선원들이 밀수와 밀항을 주선한다는 정보를 입수하고 일본으로부터 망명한 사회주의자를 통해 천성환호에 승선하도록 한 것입니다.

"김지섭 선생님, 소원하시던 기회가 왔습니다."

그 말을 들을 때 얼마나 가슴이 벅차던지 눈물이 핑 돌더이다. 의열단 동지들은 늘 그대에게 그 말 듣기를 고대하고 있지요.

"약산 동지, 마침내 나에게 조국을 위해 죽을 기회를 주는 것이오?"

"그렇습니다. 왜놈들의 수도 한복판으로 가십시오. 내년 1월 초 동경에서 제국의회가 열리는데 이 자리에 일본 총리를 비롯한 여러 대신과 조선총독이 참석한다는 신문 보도가 났습니다."

다시없는 좋은 기회였지요. 우리의 원수들이 한자리에 모인다니 말입니다.

"고맙소. 반드시 임무를 완수해서 억울하게 죽은 동포들의 혼을 위로하고 조선 민족의 의기와 의열단의 이름을 떨치겠소이다."

"선생님, 소원을 말씀하십시오."

나는 심호흡을 크게 하고 말했지요.

"우리 조국이 독립되면 애국독립투사의 묘비에 내 이름 석 자만 넣어 주시오."

"알았습니다, 선생님."

그리고 배에 잠입한 것이 1923년 12월 21일이었지요. 석탄 운송선 천성환. 상해에서 이발사로 신분을 위장하고 있는 일본인 사회주의자 소림개小林開의 형 소림관일小林寬一이 선원으로 있는 배였지요. 그를 통해 동료 승무원 흑도리경黑島理經을 소개받고 석탄 창고 밑창에 숨었습니다. 아편 밀수업자 행색이 제법 잘 어울렸는지 별로 의심하지 않는 눈치더군요. 신출귀몰한 그대의 변장술 덕분입니다. 게다가 내 얼굴이 일본인과 좀 비슷하지 않습니까. 스무 살 무렵에는 불과 두어 달 만에 일본어를 완벽하게 습득하고 재판소 서기까지 되었으니, 혹시 저에게 원수 놈의 피가 흐르고 있는 건 아닌지 모르겠소이다, 그려. 아이고, 조상님이 무덤에서 벌떡 일어날 소리군요. 하여간 중촌언태랑中村彦太朗이란 명함도 몇 장 준비하고 행낭 속에는 폭탄 세 개를 숨겼지요.

일본에 도착하니 12월 31일 밤이었습니다. 288시간 만에 세상 구경을 한 것입니다. 원수를 치러 가는데 원수의 배에 타고 있으려니 만감이 교차하더이다. 그때의 심경을 읊은 시 한 수 들어 보겠소?

만리창파에 한 몸 맡겨 원수의 배 속에 앉았으니 뉘라 친할고. 기구한 세상 분분한 물정 촉도蜀道보다 험하고 태泰나라보다 무섭구나. 종적 감추어 바다에 뜬 나그네 와신상담臥薪嘗膽하던 그 아니던가. 평생 뜻한 바 갈 길 정하였으니 고향을 가는 길 다시 묻지 않으리.

배에서 내렸을 때 저의 몰골은 귀신형용이었습니다. 그저 하나의 등신이었지요. 원래 건강치 못한 신체가 얼마나 쇠약해졌는지 안색은 창백하고 걸음조차 옮기기 힘들 지경이었습니다. 배 밑창에서 꼼짝도 못하고 지낸 열흘이 사람을 이렇게 만들어 버리더군요. 들리는 것은 파도 소리뿐이고 편히 눕거나 신선한 바람을 쐴 수도 없으니 이내 조그만 가슴으로 세상의 온갖 비애 적막 번민 고통이 한꺼번에 밀어닥치더이다. 차라리 그대로 물고기 밥이나 되었으면 좋을 것 같았지요. 간신히 여관을 찾아 누웠는데도 마치 배를 탄 것처럼 울렁거리는 땅 멀미에 시달렸습니다. 그런 저를 살려 낸 것은 잠귀신이었습니다. 배 밑창에서 지낸 열흘간은 지금도 뭐라고 표현할 길이 없소이다. 공연히 동지들에게 염려나 끼치고 동정의 눈물이나 흘리게 할 뿐이니 말한들 무엇하겠습니까.

하필 그날은 새해 첫날이더이다. 그 아침에 나는 문득 사십객이 되어 원수의 나라에서 새해를 맞은 것입니다. 창문을 열어 보니 아침부터 가는 비가 내리고 집집의 처마 끝에는 짚수실과 솔가지를 달아 놓았습디다. 고개를 들어 보니 눈에 들어오는 산하의 모습은 우리 것이 아니고, 그놈의 게다짝 끄는 딸깍발이 소리만 들리더이다. 술에 얼근히 취해서 웃고 떠들며 지나가는 자유로운 모습이 가슴을 찌르더군요.

그날을 떠올리니 가슴이 쥐어짜는 듯 아파 옵니다. 이제 와서는 말할 필요도 없는 것이 되어 버렸지만, 그때 돈이 조금만 더 있었어도 얼마나 좋았을까요. 그날의 눈물겨움은 지금에 돌이켜 봐도 서럽습니다.

세상사 모든 고통의 근원이 돈이라지만 그때의 참담함은 스스로 생각해 봐도 애잔하기만 합니다. 돈에 쪼들리고 보니, 내가 움직일 때마다 돈이 드는 건지 돈이 나를 움직이는 건지 알 수 없을 지경이었지요. 하여간 일본 돈 40원이 제가 가진 전부라는 건 알고 계시지요? 배에 타자마자 저를 배에 태워 준 양반이 3원을 요구하더군요. 배에서는 하루 한 번 혹은 두 번의 주먹밥을 반찬도 없이 먹고 가끔 왜김치 조금, 물 이따금, 담배는 종종 차입이 되는데 약 5원 돈이 열흘간에 허비되고, 상륙하여 여관에 도착하자 소림관일이 말하기를 시중들어 준 선원에게 술 한잔 대접해야 한다며 손을 벌리니 거절할 수가 없어 7원을 주었지요. 그러고는 자기가 동경까지 같이 가 줄 것이나 지금 돈도 떨어지고 하여 집에 속히 다녀오겠으니 조금도 염려 말고 여관에 있으라며 여비를 또 요구하여 5원을 주었으나, 이틀이 지나도 오지를 않더이다. 그동안 저의 여관비가 3박에 12원(차 값과 하녀의 팁 포함)이 되고 약간의 잡비가 3원이 들었습니다. 그러고 나니 남은 돈은 불과 5원인데, 배를 내린 복강현福岡縣 팔번시八幡市에서 동경까지 차비만 해도 15원이요, 또 최후의 일각까지 무엇이든 먹고 지내자면 4, 5원, 동경에서 여관비는 그만두고 전차비며 인력거비, 하녀 입막음, 적어도 4, 5원이 없어서는 아니 되겠는데, 그러면 20원은 있어야 하는 것입니다.

수만 가지 생각이 떠오르더이다. 남은 돈으로 부산으로 돌아갈 수 있으니 거기서 다시 어떻게 해 볼까, 아니면 경성까지 가서 돈을 변통해 볼까, 그러나 관부연락선을 타자면 열 번도 넘는 검문검색을 통과해야 하는데 무슨 수로 무사히 배를 탈 수 있을까? 비관적인 생각만 자꾸 들다 보니 하늘이 원망스럽고 귀신이 시기하는 것만 같았소이다. 그러나 그런 허접한 생각이 다 무슨 소용이냐, 앉아서 죽음을 기다릴 수는 없는 것, 어찌 되든 일단 목적하던 곳을 향해 떠나 보자, 하고 시계와 모포 그리고 외투까지 벗어서 돈이 될 만한 것은 모조리 전당포에 맡기고 떠난 것이지요. 때는 바야흐로 황혼이요 바람은 찬데 그림자 하나, 쓸쓸히 미소 지을밖에요.

동경에 도착한 것은 1월 5일 새벽이었습니다. 조선인 하숙이 있다고 하는 고전마장역高田馬場驛으로 갔지만 아무래도 찾을 수가 없어서 조도전早稻田의 서수여관瑞穗旅館에서 아침을 사 먹고 손가방 하나를 맡겨 놓고 일비곡日比谷 공원으로 갔습니다. 한가하게 산책이라도 할 생각이었냐고요? 그럴 리

가요. 동경으로 향하던 차 안에서 의회가 휴회 중이며 언제 다시 열릴지 모른다는 기사를 본 때문이었지요. 여비라고는 단 한 푼도 남아 있지 않으니(정확히 3전이 남았습니다) 의회가 열리기를 기다리는 것은 애초에 가능한 일이 아니므로 계획을 바꾸어 일본의 황궁에 폭탄을 던지기로 한 것입니다. 폭발물을 지니고 있다가 불심검문이라도 받는 날에는 지금까지 노심초사하던 모든 것이 하루아침에 물거품이 되고 마니 더 생각하고 말고 할 것도 없는 최후의 선택이었지요. 일본인들이 그토록 숭배하는 황궁 부근에 폭탄을 던진다면 일본인을 놀라게 함은 물론 일제의 침략상을 국제적으로 널리 알리고 대한민국의 독립 의지를 세계만방에 호소하는 지름길이라 생각했지요. 성공만 한다면 제국의회 거사보다 더 큰 목적을 달성할지도 모르는 일이라고 판단했습니다.

11시경 나는 동경 시 지도를 구입하고 일비곡 공원과 이중교二重橋, 앵전문櫻田門 부근을 답사하며 황궁과 가장 가까운 곳이 이중교라는 것을 확인했습니다. 저녁 무렵 때마침 시골에서 구경 온 노인들이 보이더군요. 나는 마치 그들과 동행인 척하며 나란히 이중교까지 접근했습니다. 그런데 왜경 한 녀석이 나타나더니, 밤에는 통행할 수 없으니 빨리 돌아가라고 하더이다. 나는 돌아가는 척하다가 얼른 나무 뒤로 숨었는데 가지만 앙상한 겨울나무는 저를 가려 주지 못하더군요. 결국 검문에 걸렸습니다. 누구냐고 소리치더군요.

벼랑 끝에 선 심정이었지요. 엿볼 다른 기회도 없고 돌아갈 곳도 없지 않습니까. 저는 곧바로 폭탄 한 개를 던졌습니다. 그리고 쏜살같이 빠져 다리 위로 뛰어들어 가는데 저편에서 근위 보초병 녀석이 총을 겨누며 길을 막았습니다. 저는 또 폭탄 한 개를 던졌지만 맞지 않고 정문 돌단 위에 떨어졌습니다.

그런데 어찌된 일이랍니까. 정말이지 하늘을 원망하고 조상님을 원망하지 않을 수 없었습니다. 어찌하여 하늘은 이다지도 무심하고 어찌하여 이런 놈들을 돕는단 말입니까? 폭탄은 두 개 모두 불발이었습니다. 잠깐 당황한 사이 보초병에게 잡혀 격투를 벌이게 되었습니다. 아직 내겐 폭탄 하나가 남아 있다, 그것만 터져 준다면 다리가 폭파될 때 녀석을 껴안고 함께 죽자. 그런데 그것마저 불발이었습니다. 뇌관에 불은 붙었는데, 권총 소리만 한 폭음만 내고 그만이었습니다.

그 자리에서 죽었다면 얼마나 좋았을까요. 이후에 벌어진 지루한 고문은 말할 필요도 없겠지요. 놈들의 고문은 어찌 이리도 잔혹한지요. 역사를 돌이켜 보면 어느 시대 어느 사회에나 잔인한 고문이나 사형 방법이 없지 않았지요. 하지만 일본 놈들처럼 사람의 영혼을 송두리째 짓밟는 고문은 들어 본 적도 없습니다. 선배들이 고문 때문에 옥사하고 조사를 받고 나오자마자 죽거나 팔다리 병신은 가벼운 것이고 앉은뱅이에 귀머거리, 미친병까지 허다하니 내가 고문당한 것이야 새삼 덧붙일 필요도 없겠지요. 그럼에도 조선보다는 일본에서의 고문이 조금은 신사답다고 해야 될까? 어처구니 없게도 그런 생각이 들더이다. 그렇지만 9개월 넘게 고문을 당하는 가운데 지옥을 헤매다 나도 모르는 흐리멍덩한 정신 상태에서 나를 도와준 분들의 이름을 발설하고 말았으니 애통하기 그지없습니다. 더 이상 실토할 것이 없을 때까지 고문을 멈추지 않더군요. 부끄럽고 미안할 뿐이외다.

고문도 지루하지만 2년이 넘게 끌고 있는 재판도 권태롭습니다. 피고를 가운데 두고 검사와 변호사가 서로 반론을 펼치는 재판이란 것이 대단히 문명적이며 고등한 절차이긴 하지만 적국에서 무엇을 기대하겠습니까. 조선인의 독립에 대한 열망을 이해조차 못 하는데 문명적이란 수식을 갖다 붙일 수 있을까요? 게다가 고문은 다 무엇이란 말입니까? 가소로운 일이 아닐 수 없소이다.

장딴지 뼈가 부러져 신경을 건드리는지 재판 개정 후 나는 제대로 서서 대답하는 것조차 힘이 들었습니다.

"몸이 편치 않으니 답변은 앉아서 하게 해 주시오."

이렇게 요구하자 재판장은 붕대 감긴 내 다리를 보더니 두말없이 허락하더이다. 고문에 대해 이미 다 알고 있다는 의미겠지요. 놈들이 나의 직업을 물었을 때 "나의 직업은 조선독립당원이며 혁명사원이오"라고 대답하매 재판장은 그것이 생활을 위한 직업이냐고 묻더이다. 무지하거나, 그게 아니면 조롱이겠지요. 그리고 다시 묻기를 왜 독립운동을 하냐고 하더이다. 나는 끓어오르는 분노를 누르며 담담하게 대답했습니다.

"일본에게 모욕을 당한 때 매우 분개한 후로 처음에는 그리 깊이 생각하지 아니하였으나 차차 생각하여 보매 독립운동에 몸과 목숨을 희생하여도 좋겠다고 생각하였소."

놈들은 1923년 봄에 발각된 우리 의열단 거사에 대한 것까지 조목조목 따져 가며 죄를 추궁하더이다. 그런데 백윤화 판사의 태도에 분해서 총을 겨누었던 것을 일개 강도 짓거리로 비하시키는 것은 얼마나 모욕적이던지요. 백윤화는 다시 생각해도 치가 떨립니다. 아버지는 일본 놈들에게 아첨을 해서 거부가 되었고 그 아들은 일본 놈 밑에서 판사 노릇을 하면서 동포들을 감옥으로 보내는 놈이 군자금을 주기 싫어서 며칠 후에 재판소로 받으러 오라고 약속을 해 놓고는 일경에게 밀고하지 않았습니까. 세상에 어떤 강도가 며칠 후의 약조를 믿는단 말입니까? 그런데 놈들은 "피스톨로 위협은 하였어도 강도는 아니라는 말이지?"라며 비아냥 거리더이다.

하긴 총칼로 남의 나라를 강탈한 자들이 우리의 도덕성을 어찌 이해하겠습니까. 밥을 굶을지언정 도둑질을 하거나 하녀의 차 값을 떼어먹을 수 없다는 것을, 미운 것은 제국주의 일본이지 일본의 민중들이 아니므로 그들에게 피해를 줄 수 없다는 우리의 소신을 설명한들 놈들이 알아듣기나 할까요?

놈들이 따지는 것을 하나하나 대답하다가 나는 그만 지쳐버리고 말았소이다. 내가 왜 그들의 이해를 구해야 하는지, 그걸 이해할 수 없었으니까요. 그것이야말로 치욕적이란 생각이 들었소이다.

재판장이라는 자는 뭐라고 할 만한 특징조차 가지지 않은 사람입디다. 한 50쯤 되었을까. 어머니 배 밖에 나온 이래 한 번도 웃어 본 기억이 없는 듯한 얼굴에 너무나 침착한 태도를 가졌더이다. 옆에 앉은 배석 판사와 검사에게 의견을 물을 때도 눈 한 번 돌리지 않고 기계적으로 턱만 좌우로 놀리는 태도가 몹시 거만스러웠지요. 피고에 대한 사실심리를 할 때는 천황의 명령으로 재판을 하는 특권을 가진 인물이랍시고 아주 신중히 또는 정밀히 하는 듯 필요 이상의 사실을 캐어묻더군요. 그럴 때마다 배석 판사들은 좀이 쑤신 듯 곧 하품을 할 것 같은 표정이었습니다.

변호사들이 폭탄에 대한 재감정을 신청하거나 증인 신청을 하면 판결은 이미 내 머릿속에 확정되어 있다는 듯이 조금도 주저하지 않고 "필요 없다"라는 한마디 말로 모두 다 각하하여 버렸습니다. 그 순간 법정을 엄습하는 공기는 당해 보지 못한 사람으로서는 도저히 느낄 수 없는 매우 험상궂은 것이었지요.

마침내 진술 기회가 주어졌을 때 나는 이때다 싶어, 속에 담고 있던 말을 모두 쏟아 내었습니다.

"좀 전에 판사가, 너희들이 독립이니 무엇이니 떠들고 있으나 만일 지금 독립을 시켜 준다고 하면 과연 너희가 독립하여 생활하여 갈 방도가 있느냐고 말하였소. 이것이야말로 일개 판사의 몸으로 우리 2천만 조선 민중을 모욕한 것이 아니고 무엇이오? 조선총독부 역시 마찬가지요. 그들은 조선 사람을 개나 말같이 여기고 있소. 중추원이란 것을 만들어 친일파들에게 작위를 주고 그들을 구슬리는 동안 조선 민중들은 죽어 가고 있소. 교육은 말살되고 동양척식회사의 수탈과 횡포로 삶은 철저히 짓밟히고 있소. 조선 사람들은 조선의 독립을 절대로 요구하며 독립선언서에도 선언한 바와 같이 최후의 일인이 최후의 일각까지 총독 정치를 거부할 것이오. 이런 사실을 일본 안에 있는 일본 사람은 알지 못하므로 이것을 널리 알리어 정부에 속지 말고 서로 협

력하여 세계 평화를 이루고자 하는 우리의 이상을 더욱 굳건히 하고 정치가들에게는 반성을 촉구하고자 분연히 결심했으나 불행히도 목적을 달성하지 못했으니 실로 유감이며 원통할 뿐이오. 법이란 사회의 질서를 유지하고 국민의 생명과 재산을 보호하는 것이 목적이오. 나는 우리 조선 민중의 생명과 재산을 위하여 그와 같은 행동을 취한 것이므로 법률상 하등의 잘못이 없소이다. 뿐만 아니라 폭탄이 터지지 않아 직접적인 해를 입힌 것이 없으므로 나는 결백하다고 말할 수밖에 없소. 그러므로 사형이나 무죄나 두 가지 중에 빨리 판단하여 주기 바라오."

가만히 듣고 있던 재판장은 서둘러 휴정을 선언하고 방청객들을 쫓아내더이다. 내 발언이 비밀을 요하고 사회의 안녕질서를 해하기 때문이라더군요. 공판 때마다 번번이 그랬지요. 특별 허가를 받은 방청객조차 "본건은 치안에 방해될 염려가 있으므로 공개를 금함"이라고 언도하며 내보냈습니다.

공판 때마다 방청석은 발 디딜 틈 없이 가득 찼습니다. 울분을 가눌 길 없는 우리 동포들이지요. 유학생학우회, 기독교청년회, 천도교청년회 등에서 사식까지 차입해 주더이다. 동포란 것이 이렇게 애틋한 것인지, 고맙고 한편으로는 미안했습니다. 안동에서 친동생도 왔더군요. 상해로 떠난 후 처음으로 만난 곳이 법정이라니, 그러나 우리는 말 한마디 나누지 못하고 그저 눈인사만 나누었습니다.

나는 공판 때마다 조금도 주눅 들지 않고 조선 독립에 대한 당위성을 외쳤습니다.

"우리 조선의 독립선언은 일본에 대한 선전포고이외다. 내가 일본인을 죽일 목적으로 건너왔으니 일본인이 나를 죽이려고 하는 것도 당연한 일이오. 군인의 훈장도 결국은 사람을 죽인 표지. 굶어 죽고 맞아 죽는 조선 민중을 대신해 나 홀로 적국에 들어와서 사형을 받는다는 것은 진실로 넘치는 영광이외다. 나는 결코 다른 형벌을 바라지 않소. 먼저도 말한 대로 아주 죽여 주든지 그렇지 아니하면 무죄로 풀어 주든지 그 두 가지 중에서 결단해 주시오."

마침내 지루한 공방이 끝나고 검사의 구형이 있었습니다.

"선박 잠입, 기선 강도, 이중교에 폭탄을 던진 점, 특히 이중교는 황궁의 입구로써 일반 국민들에게 더욱 경건함이 요구되는 곳이므로 이를 파괴하고자 한 죄질에 대하여는 한 치도 용서할 여지가 없으므로 김지섭을 사형에 처할 것을 요구합니다."

나는 이만하여도 어느 정도 성공한 것 아니겠소? 나로 인해 일본 조야가 발칵 뒤집혀 내무차관이 견책당하고 경보국장과 경시총감, 경찰부장과 애탕경찰서장 등이 처벌을 받았으니 말입니다. 그렇지만 소림관일과 흑도리경 등이 징역 10년에서 3년을 언도받았으니 차마 그들을 볼 낯이 없었지요. 그런데 그들은 오히려 나를 처연하게 바라보더이다.

그런데 뭐라고 할까요, 이런 사람들 때문에 그래도 우리 인류의 미래가 비관적이지만은 않다고 말해야 할까요? 저를 변호해 준 일본인들 말입니다. 그들은 한사코 저의 무죄를 주장했지요. 사형이 구형되었을 때 나는 이미 각오하던 바여서 다 끝난 것만 속 시원할 뿐 담담하고 태연했는데, 변호사들이 더욱 흥분하고 화가 나서 의자에서 벌떡 일어나 소리치더이다.

"폭발물 취급 규칙을 위반했다고 사형에 처하는 것은 전무후무한 일입니다. 김지섭이 조선인이라고 차별을 두고 취급하는 것은 벌써 재판의 공정성을 잃은 것 아닙니까?"

변호사 포시진치布施辰治입니다.

"본 사건의 발생은 심히 유감이나 그 배후에 총독정치의 횡포가 있다는 것을 생각하지 않으면 안 됩니다. 김지섭의 행동은 그것에 대한 의분에서 나온 것입니다. 이것을 고려하지 않고 중형에 처하는 것은 너무 가혹한 일입니다. 설혹 유죄라 해도 미수죄에 지나지 않는 것을 감정에 치우쳐 재판하는 것이 양심에 부끄럽지 않습니까?"

송곡 변호사는 다른 피고들에 대해서도 무죄를 주장했습니다. 산기, 등창 씨 등 다른 변호사들도 모두 일어나 피고 김지섭은 조선 민중 전체 의사를 대표한 사람인즉 한 번 더 깊이 고려해야 한다고 소리쳤습니다.

포시진치 씨는 불발된 폭탄을 집중적으로 물고 늘어졌습니다.

"폭탄 감정을 육군성에서 한 것은 조선 사람들의 반감을 살 수 있으며 공평한 재판의 위신에 관계되는 것이므로, 제국대학에서 다시 감정해 주기 바랍니다. 만일 폭탄이 배에서 습기를 머금었다면 폭탄은 이미 폭발물로서의 기능을 잃었을 것이므로 이는 재판에 중대한 영향을 미치기 때문입니다."

물론 재판장은 허락하지 않았지요.

"그 폭탄을 분석할 때 약품 처리를 했기 때문에 다시 분석할 수 없습니다."

포시진치 씨는 그래도 굴복하지 않았습니다.

"그러면 다른 폭탄을 분석하면 되지 않습니까. 폭탄을 만든 지 오래되었다든지 혹은 연기약이 수분을 많이 흡수해서 뇌관에는 불이 났으나 연기약에 불이 붙지 않았다면 폭탄은 이미 그 기능과 작용을 잃어 폭발물이 아니라 한 개의 철괴에 지나지 않는 것입니다. 따라서 그것을 던진 것은 조금도 폭발할 위험이 없는 한 개의 철괴를 던진 것일 뿐이라고 할 수 있습니다."

그러면서 다시 한 번 폭탄을 재감정해 줄 것을 요청하더이다.

조선에서도 상해에서도 사회주의자들이나 양심적인 일본인들을 더러 만났었지요. 하지만 자기 나라의 황궁에 폭탄을 던진 조선인을 열렬히 변호하는 일본인들을 보면서 나는 깊은 감동을 받았습니다. 그들은 나뿐만 아니라 일본에서 차별받는 조선인들과 독립운동가들의 변호를 많이 하고 특히 포시진치 씨는 관동대지진 때 쫓기는 조선인들을 구하기 위해 자신의 집을 피난처로 제공했다고 하더이다. 자국의 이익이나 자신의 영달이 아닌 인류의 정의를 위해 싸우는 양심적인 법률가들을 어찌 존경하지 않을 수 있겠습니까. 그렇지만 나의 무죄를 증명하기 위해 내가 갖고 온 폭발물이 아무런 위험도 없는 한 개의 철괴에 지나지 않는다는 발언은 인정할 수 없었습니다. 그것은 나와 내 조국에 대한 자존심이 걸린 문제니까요. 그런 식으로 목숨을 구걸하는 것은 나를 모욕하는 것이기 때문입니다.

나는 아픈 다리를 무릅쓰고 일어나 말했습니다.

"내가 가지고 온 폭탄은 결코 불완전한 것이 아니오. 폭탄의 성능은 내 목적의 성패를 좌우하는 것이오. 따라서 내 생명의 전부라고도 말할 수 있는 것이외다. 상해에서 실험까지 했으므로 폭탄에 문제가 있을 수는 없소이다. 다만 긴 항해 중 습기가 스며들어 잘못이 생겼을지는 모르는 일이오."

그리고 2회 공판심 때였습니다. 변호사들은 자기들끼리 협의할 것이 있다면서 휴정을 신청했습니다. 그들은 재판장의 대답은 듣지도 않고, 아니 어떤 대답을 해도 좋다는 식으로 자리에서 일어나 밖으로 나가 버렸습니다. 또 무슨 일을 벌이려고, 하는 심정으로 그들의 뒷모습을 바라보다가 별생각 없이 법정을 한번 둘러보았습니다. 판검사는 물론 순사들까지 어느새 다 빠져나간 뒤였지요. 홀연히 불어오는 일진광풍에 흔적 없이 사라지는 구름처럼 일시에 자취를 감춘 것입니다. 단 두 명의 간수만이 남아 나의 자유를 구속하고 있더이다. 동경재판소에서도 제일 넓다는 공소원 제3호, 그 텅 빈 방 안에 혼자 남아 있다는 것을 깨닫자 비로소 이 법정이 과연 크다는 것을 느꼈습니다. 판검사석에서부터 방청석까지 파리 한 마리 없이 음산하고, 비를 몰아가는 광야같이 장내가 죽은 듯이 적적하더이다. 그 안에는 범치 못할 무서운 무엇이 잠겨 있는 것처럼 생각되었지요.

잠시 후 나갔던 변호사들이 다시 제자리로 돌아오더니 말하더군요.

"지금 판사 3인은 편협한 재판을 할 염려가 있어서 기피를 신청합니다"라고 말입니다.

"이 공소조차도 조선인 유학생들과 변호사들이 여러 차례 권유하여 겨우 피고의(그러니까 나를 말하는 것입니다) 승락을 얻어 공소를 했던 것입니다. 그런데 사건의 가장 중요한 증거인 폭탄의 감정이 모호하여 재감정을 청구하였으나 아무 이유도 없이 각하하기에 너무 분하여 우리들은 변호사들의 서명으로써 기피 신청을 하는 것입니다."

그때 나는 앞뒤 잴 것도 없이, 오직 내 속의 양심이 명령하는 대로 벌떡 일어나 본 피고인은 이 기피 신청이 필요치 않다고 반대했습니다. 재판이 진행될수록 나는 재판장이나 검사가 아니라 마치 변호사와 싸우고 있는 형국이었습니다.

이유는 단순했소이다.

"내가 조선 사람이니, 일본 사람이 판사인 이상 어떤 사람이 되든 편협하지 않으리라 기대할 수 없다고 생각하기 때문이오."

그러자 재판장은 나에게 그 결정은 다른 판사가 한다고 가르쳐 주더이다. 아마 내가 그 판결까지 지금 재판장이 하는 줄로 믿었다고 생각한 모양이오. 가르쳐 주니 고맙다고나 해 둘까요? 어쨌든 다른 판사라는 사람은 대체 누구일까요? 그도 역시 일본인이라면 무슨 차이가 있을까요.

포시진치 변호사는 참 끈질긴 사람입니다. 나는 한결같이 무죄가 아니면 차라리 사형을 시켜 달라고 주장했지만 그는 끝내 무기징역으로 만들었습니다. 아, 얼마나 끔찍한 일인지요. 원수의 하늘 아래서 언제 풀려날지도 모르는 감옥살이를 해야 하다니. 사실은 하루하루가 끔찍하게 고통스럽습니다. 누우면 등이 아프지 않은 데가 없습니다. 척추가 으스러져 신경이 다친 때문인 듯합니다. 이리저리 돌아눕다 보면 헛구역질이 나오고 속이 울렁거립니다. 이유도 없이 주르르 코피가 흐르고 똥오줌에도 피가 섞여 나옵니다. 저를 위한다고 애쓴 변호사들이 원망스러울 지경입니다. 그렇다면 서대문 형무소로 이감시켜 달라고 탄원했지만 들어주지 않을 모양입니다. 나는 차라리 곡기를 끊고 죽으려 했지요. 그런데 이 소식이 밖으로 알려지자 우리 유학생들과 동포들의 탄원이 만만치 않았습니다. 동포들의 애끓는 심정이야 제가 왜 모르겠습니까. 놈들은 나의 단식 소식이 동포들을 자극할까 봐 목구멍에 깔때기를 꽂고 억지로 밥을 밀어 넣었습니다. 의사까지 옆에 붙여 놓고 감시를 하니, 죽음조차 빼앗겼다고 해야 할까요?

이 모욕을 견디어 내고 살아만 있으면 우리 조국의 해방을 볼 수 있을까요? 해방된 대한민국의 하늘 아래 그대와 마주 앉아 술잔을 부딪칠 수 있을까요?

내 나이 어느덧 마흔넷입니다. 짧다면, 그것은 해방된 조국을 못 본 아쉬움 탓이오, 길다면 청춘도 사랑도 행복도 누려 보지 못하고 지겹도록 독립만 외친 탓이겠지요. 이 얼마나 가련한 생이란 말입니까. 그러니 살아야 할까요? 살아 있다 보면 좋은 날을 볼 수 있을까요? 하긴 이제 죽음조차 제 것이 아니니, 어떻게든 살아 보아야겠습니다. 온갖 오욕과 치욕과 고통을 견디어 내고 질기게 살아남으렵니다. 원수의 감옥에서라도 살아남아 해방된 조국을 보고야 말겠습니다. 이제는 그것이 제게 남은 유일한 임무가 되었으니 말입니다.

약산 동지, 부디 건강에 힘쓰시어 해방된 조국에서 만납시다.

*

김지섭 선생은 조국의 독립을 끝내 보지 못하고 1928년 2월 20일, 44세의 나이로 옥중에서 순국했다. 일가친척 중 김탁이란 분이 면회를 다녀오고 두 달 뒤의 일이었다. 변호사 포시진치는 죽음에 대해 의문을 제기하며 부검을 요구했다. 그러나 일제는 뇌일혈이라고 발표하고 재빨리 화장을 한 후 한 줌 재만 돌려주었다.

항일독립운동단체 '의열단'을 아시나요?

김지섭(金祉燮, 1884. 7. 21~1928. 2. 20) 선생은 경북 안동에서 2남 중 장남으로 태어났습니다. 어릴 때부터 재주가 비상하고 사서삼경에 능통해 천재 소리를 들었으며, 불의를 참지 못하는 대쪽 같은 성격이 남달리 강했다고 합니다. 스물한 살 되던 해 2개월 만에 일본어를 습득하고 상주보통학교 교사를 거쳐 금산 지방법원 서기 겸 통역으로 재직했습니다.

그러나 1910년 일제의 무력과 강압에 의해 국권이 상실되자 공직을 모두 사직하고 고향으로 내려와 김원봉, 곽재기, 김시현 등과 시국토론을 하며 조국 독립 방안을 모색합니다. 이 세 사람은 몇 년 후 만주로, 상해로 망명하여 3·1만세 사건 후 비밀결사단체인 의열단을 창단합니다. 김지섭 선생 역시 1920년 단신으로 국경을 넘어 의열단에 가입합니다.

우리의 독립운동사는 굽이굽이마다 눈물겹지 않은 것이 없습니다. 굶기를 밥 먹듯이 하는 것은 예사요, 하나뿐인 목숨을 내걸었으니 후일의 부귀영화 따위는 고려의 대상도 아니었습니다. 의열단원들은 거사 계획을 세울 때마다 서로 가겠다고 싸웁니다. 죽음에 맞닥뜨려서도 그들은 의연했습니다. 폭탄을 던지고 나서도 도망칠 생각보다는, 대한 독립만세, 의열단 만세를 부르고 자결하거나 감옥에서도 일제의 교수대에 오르기보다는 차라리 단식으로 자진하는 길을 택합니다.

김지섭 선생은 두 통의 편지와 두 편의 옥중기를 남겼습니다. 의열단 단장 약산 김원봉에게 보낸 두 통의 편지는 눈물 없이 보기 어렵습니다. 친일파들이 온갖 부귀영화를 누리고 있을 때 조국의 독립에 목숨을 건 이는 단돈 1원 때문에 전전긍긍합니다. 니주바시교(이중교) 거사 후 히비야(일비곡) 경찰서에 끌려갔을 때 선생의 몸에는 돈 3전과 나카무라 히코타로(중촌언태랑)라는 명함 몇 장뿐이었고 여관에 두고 온 가방에는 헌 내의 한 벌과 칫솔, 여행안내서가 전부였습니다. 그것은 더하고 뺄 것도 없이 당시 독립운동가들의 현실을 고스란히 보여주는 것입니다. 그러나 일제의 법정에서는 조금도 위축되지 않고 추상처럼 당당한 모습이었으니 절로 고개가 숙여지고 자랑스럽습니다.

의열 투쟁을 두고 테러라는 비판은 우리 독립운동사를 잘 모르는 소리입니다. 당시 일제의 감시와 압박 속에서 조선인은 아무것도 할 수 없었습니다. 문화정치라는 간교하고 얄팍한 눈속임에 대다수 지식인과 민족주의자 들마저 회유당할 때였습니다. 사실 일제는 그 어떤 독립운동단체나 조직운동보다 의열단의 거사를 가장 두려워했습니다. 부산경찰서, 밀양경찰서, 종로경찰서, 조선총독부, 식산은행과 동양척식주식회사에 폭탄을 던진 것도 경악할 일이었지만 불발에 그쳤던 거사들은 내전에 가까운 무장투쟁계획으로 총독부와 일본경찰을 공포로 몰아넣었습니다.

김지섭 선생의 거사도 비록 폭탄은 터지지 않았으나 당시 일본 내각이 경질되는 등 일제의 간담을 서늘하게 만들었습니다. 조선 민중들에게 의열단 투쟁 소식은 독립에의 열망을 일깨우고 자긍심을 심어 주었습니다. 아이들조차 의열단 노래를 부르고 다닐 정도였다고 합니다. 해방 후, 약산 김원봉이 고향으로 돌아올 때 거리에는 엄청난 인파가 몰려들어 대대적으로 환영했다고 합니다.

그러나 김지섭 선생은 끝내 조국의 독립을 보지 못하고 옥중에서 순국했습니다. 선생의 유해는 고향 안동으로 돌아와서도 당시 일제의 탄압과 감시 때문에 봉분도 제대로 못 하고 평장만 한 상태였습니다. 광복 후에야 사회장을 치른 후 경북 예천군 호명면 대지동에 이장하여 비로소 평안히 잠들 수 있었습니다.

여러분의 오늘은, 그분이 그토록 보고 싶어 했던 바로 그날입니다.

● 이성아

1882	임오군란
1884	갑신정변
1894	동학농민운동
1910	한일강제병합
1919	3·1운동
	상하이 대한민국 임시정부 수립
	항일 무력독립운동 단체 '의열단' 조직
1943	카이로 선언
1945	포츠담 선언
	8·15광복
1948	제주 4·3 발생
	대한민국 정부 수립
1949	국민보도연맹 조직
1950	6·25한국전쟁 발발
1953	휴전협정
1960	3·15부정선거
	4·19혁명
1961	5·16군사정변
1969	삼선개헌
1972	계엄령 선포, 유신정권(제4공화국 출범)
1979	부마민주항쟁
	10·26사건
	12·12사태
1980	비상계엄령 발령(삼청교육대 설치)
	5·18민주화운동
1981	제5공화국 출범
1987	6월항쟁, 6·29민주화선언
1988	제6공화국 출범
1993	문민정부 출범
1997	IMF구제금융 요청
1998	국민의 정부 출범
2002	한일월드컵 개최
	미선·효순사건 발생

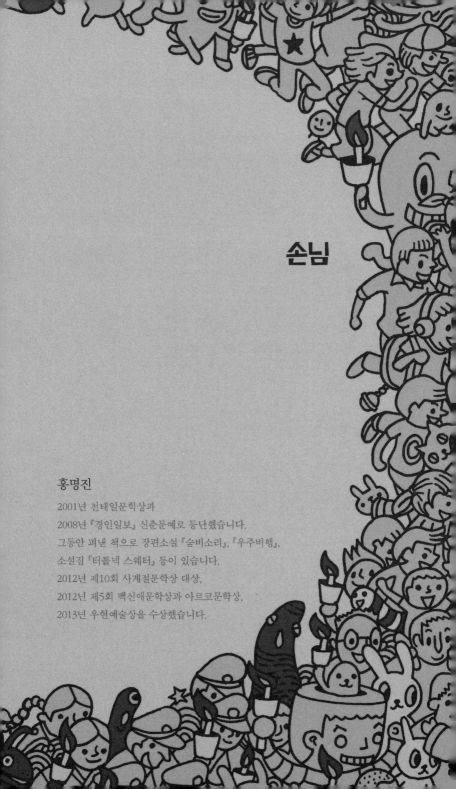

손님

홍명진

2001년 천태일문학상과
2008년 『경인일보』 신춘문예로 등단했습니다.
그동안 펴낸 책으로 장편소설 『숨비소리』, 『우주비행』,
소설집 『터틀넥 스웨터』 등이 있습니다.
2012년 제10회 사계절문학상 대상,
2012년 제5회 백신애문학상과 아르코문학상,
2013년 우현예술상을 수상했습니다.

그해 나는 열두 살이었다. 아버지와 단둘이 먼 여행을 한 건 그때가 처음이자 마지막이었다.

읍내 합동버스 정류장에서 부산으로 가는 시외버스에 올랐을 때부터 속이 울렁거리기 시작했다. 좌석의 뻣뻣한 가죽에선 석유 냄새가 났다. 버스는 아스팔트가 깔린 길을 달렸다. 낯선 풍경들이 휙휙 스쳐 갈 땐 온몸이 말랑한 고무과자처럼 늘어지는 것 같았다. 차에 오르기 전에 먹은 멀미약 때문이었다.

"아버지를 믿고 자거라. 걱정 없다."

말쑥하게 차려입은 아버지가 내 어깨를 두드리며 말했다.

희미해지는 차창 밖 풍경 속으로 쏠리듯 빠져들면서 나는 아득한 곳으로 떠밀려 가는 것 같았다. 어느 순간 잠에서 깼을 때는 포항에 닿아 있었다. 아버지는 사이다와 삶은 달걀을 사 가지고 올라왔다. 차가 다시 출발하자 아버지가 달걀을 까서 내밀었다. 머릿속이 멍했는데도 달걀은 먹고 싶었다. 사이다를 한 모금 마시고 달걀을 베어 물고 오물거렸다. 달걀을 씹을수록 속이 메슥거렸다. 입속에 가득한 달걀을 삼키지 못하고 웩웩거리자 아버지가 비닐봉지를 입에 갖다 대 주었다. 먼 길에 고생만 심할 거라고 엄마는 반대했지만, 나는 아버지를 따라가고 싶었다.

"멀미 그딴 거 괜찮아. 아버지랑 갈 거야, 제주도."

나는 엄마 앞에서 고집을 피웠다.

아침에 먹은 밥까지 다 게우고 났을 때야 나는 사이다 병을 손에 쥔 채 또 잠이 들었다.

제주도가 얼마나 먼 곳인지 나는 알지 못했다. 이삿짐을 실은 화물선을 타고 육지로 나올 때 오빠는 열두 살, 큰언니와 작은언니는 아홉 살, 다섯 살이었고, 돌도 안 된 나는 엄마 품에 안겨 있었다고 했다.

언젠가 아버지에게 물은 적이 있었다.

"아버진 어떻게 여기까지 왔어요?"

마당가 그늘에 앉아 그물을 깁던 아버지는 생뚱한 눈으로 나를 바라보았다. 그런 건 알아서 뭐하느냐는 눈빛이었다. 고기비늘처럼 비듬이 허옇게 일어난 머리 거죽을 그물바늘로 벅벅 긁어 대던 아버지는 쥐가 어떻게 바다를 건너는지 아느냐고 물었다. 각질이 일어난 뻣뻣한 입술엔 막걸리 찌꺼기가 말라붙어 있었다. 아버지는 턱을 받치고 빤히 바라보고 있는 내 눈을 피해 슬쩍 그물을 집어 당기며 가락을 붙여 읊조렸다.

"맨 앞에 선 대장 쥐가 물속으로 풍덩 뛰어들면 졸병 쥐가 대장 쥐 꼬리를 물고 풍당, 그다음 쥐가 앞엣놈 꼬리를 물고 풍당, 또 그다음 놈이 풍당, 풍당풍당 풍당풍당……"

아버지는 나를 놀리듯 풍당풍당을 되풀이하며 웃었다. 나도 아버지를 따라 웃었다. 나는 아버지가 그런 식으로 유머를 할 줄 안다는 게 신기해서 웃었을 뿐이었다.

동네 사람들은 우리 집을 제주집이라 불렀다.

"저기 학교 옆댕이 제주집 딸내미구나."

아버지의 외상 단골 술집인 고바우네 뚱보 여자는 '딸내미'를 '딸년'이라고 했지만, 골목의 점방 할머니도, 학교 앞 문방구 꼽추 아줌마도 내가 제주집 아이라는 걸 늘 상기시켰다.

우리 동네는 삼면이 바다로 둘러싸인 동해안의 작은 항구 마을이었다. 부두를 중심으로 퍼진 옴폭한 마을을 벗어나는 길은 내륙 깊은 곳으로 이어지던 한 줄기 신작로뿐이었다. 뒷동산에 올라서면 호리병처럼 생긴 마을이 한눈에 들어왔다. 부두에 정박해 있는 배들과 얼음 공장, 태극기와 새마을 깃발이 휘날리던 학교, 동사무소와 우체국. 토요

일과 일요일에만 영화를 상영하던 극장, 무거운 쇠종이 첨탑 위에 걸려 있던 교회, 시커먼 마당을 가진 연탄 공장과 항구 다방, 여인숙, 미장원과 양복점 그 사이사이 긴 골목을 파고들어 다닥다닥 붙어 있던 슬레이트 지붕과 판잣집들. 마을을 에두른 바다는 아득해서 수평선에 걸려 있던 배들이 그 너머로 사라지면, 까닭 모를 안타까움에 절로 발뒤꿈치가 들렸다.

우리 동네에는 우리 집까지 제주집이 모두 다섯 집이었다. 제주집 아줌마들은 무리를 지어 물질을 다녔다. 해녀들은 어디에서나 눈에 띄었다. 물질은 어판장에서 그물을 털거나 오징어 할복 작업을 하거나 쥐치 껍질을 벗기는 작업과는 달랐다. 검은 잠수복과 오리발, 무거운 납띠와 물안경 등속에 테왁 달린 망사리를 싼 보따리를 짊어지고 해안 길을 걸어가는 모습은 감히 말하건대 전사 같았다. 거친 바다에 뛰어들어 목숨을 걸고 작업을 해야 하는 일은 누구나 쉽게 배울 수 있는 일도 아니었고, 쉽게 배우려고도 하지 않았다.

파도가 높거나 비가 내리지 않는다면 물질은 겨울에도 가능했다. 전복과 성게, 해삼, 미역과 해초를 캐는 작업은 철마다 달랐지만, 바닷속으로 뛰어드는 엄마는 한 마리의 물개 같았다. 물속으로 곤두박질친 엄마가 오리발을 힘차게 수면으로 내뻗을 때면 뽀얀 포말이 수평선을 울퉁불퉁하게 흔들어 놓았다. 내가 아주 어렸을 적에는 갯바위에 앉아 바닷속으로 사라진 엄마를 기다리다 목 놓아 운 적도 있었다. 엄마가 영영 다시 떠오르지 않을까 봐 두려웠다. 내 눈앞에서 자맥질을 한 엄마는 번번이 내가 뚫어지게 바라보고 있는 곳과는 한참 먼 곳에서 솟아올랐다. 엄마가 휘우—우 휘파람 새 소리 같은 날숨소리를 길게 뽑아 올릴 때야 불안과 두려움, 터무니없는 공포가 녹아내렸다.

부산항에서 아버지는 제주도로 들어가는 배표를 끊었다. 배에서 하룻밤 묵을 거라고 했다. 쥐가 꼬리에 꼬리를 물고 바다로 풍덩 뛰어든 것처럼 바다를 건너왔다고 말했던 아버지는 우리가 타고 갈 거대한 아리랑호를 바라보며 내게 말했다.

"아버지를 믿거라. 걱정할 거 없다."

*

나는 수십 개의 빛깔로 뒤엉킨 꿈의 조각들에 실려 제주도에 도착했다. 온몸은 노글노글하게 늘어져서 눈앞이 흐릿했다. 물을 마시면서 토하고, 꿈을 꾸면서도 토했던 내가 당도한 제주도는 멀고도 멀었다. 여름방학을 하면 제주도에 간다고 친구들에게 잔뜩 자랑질을 했던 게 후회가 될 정도였다.

아버지는 커다란 가방을 들고 내 손을 잡은 채 큰집으로 들어섰다. 지붕이 낮고 마루가 좁은 집이었다. 방마다 덧문이 달린 집은 우리 동네 집들보다 납작한 느낌을 주었다. 나는 아버지 뒤에 엉거주춤 서서 방 안에 모인 사람들과 부엌을 들락거리던 아주머니들에게 인사했다.

"삼춘마씸, 저 아이가 여기서 낳은 막냉입니까?"

누군가가 물었다.

"그렇주. 올해 열두 살 됐주."

아버지가 대답했다.

"자이(쟤) 어멍은 왜 곹이(같이) 안 왔시냐?"

아까 내 가방을 받아 들며 안아 주었던 고모가 아버지에게 물었다. 아버지는 그 말엔 대답하지 않고 담배를 빼어 물었다.

"당신이나 다녀옵써. 난 안 갈 꺼우다."

아버지와 내가 들고 갈 짐을 싸던 밤, 엄마는 말했다. 엄마의 목소리는 낮고 축축하게 젖어 있었다. 아버지는 아무 말 없이 그때도 담배만 피웠다.

"이녁 동기간들한텐 못 할 짓이우다만, 고향서 나올 때 말하지 않았수꽈? 이젠 다 잊고 아이들만 보고 살커라 한 말.

내가 누굴 믿고 살암수꽈. 자식새끼들 아니었으면 살지도 못했을 커라마씸. 이녁 부모님 살아 계실 때야 참으명 살았쑤다만 이젠 고향 땅에 미련 없어마씸."

지난해 큰아버지가 돌아가셨다는 전보가 왔을 때도 아버지는 오빠만 데리고 제주도에 다녀왔다. 열흘간 머물고 돌아온 아버지는 술에 취해 엄마에게 재떨이를 던지기까지 했다. 아버지 발치에 누워 몸을 웅크리고 있던 나는 이번에도 재떨이가 날아갈까 봐 조마조마했다.

"누가 이녁 속을 몰라? 경해도(그래도) 사람 혈 도리는 허고 살아야지."

아버지 목소리엔 역정이 묻어 있었지만 재떨이까지 날릴 기세는 아니었다.

"당신이 내 속을 어떵 알안마씸. 부모 형제 다 잃고 나만 살아남았쑤다. 멀쩡하게 살아지는 게 믿어지지 않안마씸. 무신 영화를 보젠 거기 살았신고 생각하민 가슴만 막 아팜쑤다. 이녁 집으로 시집강 나가 못한 게 뭐가 있수꽈. 물속에 들어강 숨이라도 하꼼(조금) 쉬어졌주만, 어떵 고향을 벗어나 살코 그 생각밖엔 없었쑤다."

아버지와 말할 때 제주도 사투리가 심해지는 걸 보면 엄마의 마음이 평소 같지 않다는 걸 알 수 있었다.

"경허난 나헌텐 고향 얘기 허지 맙서. 이리저리 돌아봐도 돌무덤밖엔 볼 것이 없는 곳을 이제 왕 뭣허랜 강마씸."

엄마가 코를 훌쩍이는 소리가 들렸다.

나는 얼굴 한 번 본 적 없는 친척들을 만나러 간다는 생각에 얼마나 들떴는지 몰랐다. 이제껏 외가는 물론 친가 친척들도 우리 집을 찾아온 사람이 없었다. 친척들과 왕래하는 친구들이 부러웠고, 명절 때면 손님으로 북적거리는 집들이 부러웠다. 엄마가 훌쩍이는 소리를 들으며 혹시나 이번에도 아버지 혼자 가 버리면 어쩌나 걱정하다가 잠이 들었다. 아침에 일어나 보니 엄마는 보이지 않고 아버지와 내가 들고 갈 가방 두 개만 머리맡에 놓여 있었다.

둥근 밥상 두 개가 펴지고 상 위에 음식들이 차려졌다. 어른들은 술을 마시며 이야기를 나눴다. 아버지가 시키는 대로 인사를 했지만 다 내가 모르는 사람들이었다. 내일이 얼굴도 본 적 없는 큰아버지의 소상이라고 했다. 나는 군대 간 오빠 대신 아버지를 따라 큰아버지의 첫 제사를 지내러 온 것이었다.

"자이 어멍이 곹이 왔으면 좋았을 텐디. 성재 어멍 살았을 때야 아버지 어머니 시께(제사)도 알아서 했주만, 나가 무신 죄로 오라방 옆이서 친정 바라지하다가 이젠 오라방 시께까지 챙겨야 핸. 자식새끼들 끌고 먹고살젠 육지로 나간 거야 누가 뭐랜. 경해도 놈(남)의 집 며느리로 들어왔시민 며느리

노릇은 허곡 살아야 할 거 아니라. 우리 집에 며느리가 자이 어멍 말고 누게가 있어."

고모가 아버지 옆에 앉은 나를 힐끔거리며 말했다. 나와 눈이 마주치자 고모의 얼굴이 억지로 웃는 듯 일그러졌다.

"면목 없쑤다."

아버지가 나지막한 소리로 말했다.

"동생한티 그런 말 듣자고 허는 게 아니라. 고향 버리고 나가 불민 소임이 다 끝나는 거라? 내가 동생네 심정을 모르는 게 아니라. 고향에서 그 미친 바람을 겪은 사름이 어디 한둘이라? 오라방도 그때 산에 들어강 쫓겨 다니다 겨우 살아난 사름이라. 나도 자이 어멍네를 생각하민 가슴이 아픈 사름이라. 경해도 어떵혀. 고향 버린다고 잊어질 일이 아니면 서로 보듬고 곹이 살아야주."

술을 홀짝홀짝 들이켠 고모의 넙데데한 얼굴은 벌겋게 달아올라 있었다. 아버지는 고개를 푹 숙인 채 담배만 피워 댔다. 고모가 잔에 남은 술을 홀짝 들이켜자 누군가 나서서 술은 이제 그만하라고 고모를 말렸다. 나는 아무 말도 못 하고 있는 아버지가 원망스러웠다. 엄마를 나쁘게 말하는 고모가 밉기도 했다. 큰아버지가 돌아가셨을 때 제주도에 다녀온 아버지가 엄마에게 재떨이를 던진 것도 고모가 엄마를 나쁘게 말했기 때문인지도 몰랐다.

활짝 열어 둔 들창으로 뒤뜰의 귤나무가 보였다. 귤나무는 거짓말처럼 큰집 뒤뜰과 마당가 텃밭에도 윤기 흐르는 잎을 매달고 있었다. 그게 귤나무라고 말해 준 건 아버지였다. 짙은 녹색 이파리 사이에 탱자처럼 생긴 작은 열매들이 다닥다닥 달려 있었다. 해마다 겨울이면 고모나 큰아버지 댁에서 귤이 화물로 왔다. 내가 먹은 귤들은 모두 저 나무에서 딴 것인지도 몰랐다. 굵은 씨가 들어 있는 울퉁불퉁한 껍질의 샛노란 귤은 내 주먹보다 더 컸다. 귤은 읍내에서도 팔지 않던 귀한 과일이었다. 내가 귤을 들고 골목으로 나가면 아이들이 귤 한 조각을 얻어먹으려고 알랑방귀를 뀌며 들러붙었다. 제주도에는 우리 동네 감나무만큼이나 귤나무가 흔하다고 아이들에게 뻐기며 자랑했던 게 거짓말이 아니었다.

"야이야, 명희 어딨시냐? 명희 일루 와 보라."

고모가 마루 쪽으로 고개를 내밀고 밖을 향해 소리쳤다. 그러자 땅딸막한 여자애가 마루 쪽으로 쪼르륵 달려왔다. 화장실 문을 열었다가 발 디딤판 밑에서 돼지가 꿀꿀거리며 돌아다니는 걸 보고 놀란 내가 주저앉았을 때 깔깔거리며 웃던 애였다. 여자애는 무릎 위로 깡똥하게 올라간 감색 치마에 옷깃이 늘어진 알록달록한 반팔 블라우스를 입고 있었다.

"너, 야이(애) 알지?"

고모가 나를 가리키자 명희라는 애가 고개를 크게 끄덕였다. 이번엔 고모가 나를 보며 말했다.

"너헌텐 외가 쪽 언니라. 열여섯 살이나 먹은 것이 칠락팔락 온 산천을 사내처럼 뛰어다니는 데만 정신이 팔령거네 학교 다닐 정신머리도 없주. 경해도 심성은 착한 아이니 걱정 말고 명희 옆에 꼭 붙어 다니라이."

나는 외가 쪽 친척이라는 말에 명희 언니를 빤히 쳐다보았다.

"무사(왜) 날 불렁마씸?"

명희 언니가 마루에 몸을 착 붙이며 고모에게 물었다.

"해미 데리고 논깍 강이네 강 내일 시께 먹으러 오라허영."

"알았쑤다."

명희 언니는 입을 함빡 벌리고 좋아했다.

"언니 따라가멍 동네 구경도 하곡, 과자도 사 먹곡."

고모가 백 원짜리 지폐를 내 손에 쥐여 주며 말했다.

명희 언니는 마루로 나와 신발을 신는 내 손을 잡아끌었다.

"육지서 온 아이 고생시키지 말앙 잘 갔다 오라."

명희 언니 손에 이끌려 나가는 등 뒤에서 고모가 소리쳤다.

명희 언니는 노래를 흥얼거리며 팔랑팔랑 뛰었다. 블라우스 속에 젖이 출렁출렁 흔들렸다. 팔랑거리며 뛰던 명희 언니는 골목 끝에서 몸을 홱 돌리더니 쪼르륵 달려와서 내 손목을 움켜쥐었다. 그러더니 해미야, 하고 이름을 물었다.

"언니라고 불러 보라, 해미야. 내가 네 괸당이라."

"괸당?"

"친척이란 말이주. 우리 어멍이랑 너네 어멍이랑 육촌이라. 너네 고모네랑은 사돈네 팔촌이주."

명희 언니가 히죽 웃었다. 웃을 때 윗입술이 훌떡 뒤집어졌다. 육촌이니 사돈네 팔촌이니 얼마만큼 가까운지는 잘 모르겠지만 친척이란 말은 알아들었다.

"근데 언닌 왜 학교에 안 다녀? 우리 둘째 언니도 열여섯 살인데 중학생이거든."

"그건 나가 공불 못해 부난 그렇지. 우리 어멍 말이 난 공부 머리가 없다 허여. 글자만 보민 머리가 막 아판. 그깟 학교 안 다녀도 나가 살림은 잘허여."

"그럼 언니네 엄만 뭐 해?"

"우리 어멍은 심방이여. 너 심방이라고 들어 봤시냐?"

나는 고개를 끄덕였다. 우리 동네에서 해마다 풍어제를

지낼 때, 울긋불긋한 옷을 입고 무동을 탄 채 시퍼런 가짓대가 낭창낭창한 대나무를 푸르르 떨며 방아깨비처럼 날뛰던 무당이 떠올랐다.

"한을 못 풀고 죽은 영혼들을 천도허는 일을 허여. 사람들은 나를 새끼 심방이라고 막 놀린다게."

명희 언니는 내 손목을 놓고 헤헤거리며 웃었다. 잇몸을 다 내보이며 웃는 게 우리 동네 바보 행이처럼 보이는데, 말은 야무지게 잘했다.

골목을 벗어난 명희 언니는 걸음을 더욱 빨리했다. 나는 잰걸음으로 명희 언니 뒤를 따랐다. 바람이 머리카락을 날리고 옷자락을 한없이 부풀려서 나는 마치 바람에 실려 가는 것처럼 붕붕 떴다. 햇볕이 따갑게 내리쬐었지만, 이마에 맺힌 땀은 금세 바람에 날려 갔다. 곰보처럼 얽은 검은 돌로 야트막한 담을 이룬 밭들이 길게 이어졌다. 푸르게 일렁거리는 밭을 지날 때마다 명희 언니는 저건 팥, 저건 메밀, 저건 지슬(감자) 하고 말해 주었다. 아무것도 없는 빈 밭이 이어지기도 했다. 검은 돌담에 흙도 검은색이었다. 흡사 묵힌 거름을 흩뿌려 놓은 것처럼 보였다. 왜 밭의 흙이 검냐고 묻자 명희 언니는 아주 오래전에 화산이 폭발해서 생긴 섬이 제주도인데, 삼신할망이 화산재가 묻은 손을 씻지도 않고 막 주물러서 흙이고 바위고 색이 변해서 그렇다며 헤헤거리고 웃었다.

길은 가도 가도 끝이 없었다. 뒤를 돌아보면 우리가 지나왔던 마을들이 어른거리는 햇살 속에 아득하고 우리가 걸어가야 할 길도 아득했다.

"논깍이 어디야?"

숨을 헐떡이며 내가 물었다.

"저 오름만 지나면 논깍이여. 저기 저 오름 보임시냐?"

명희 언니가 손을 쭉 뻗어 봉우리가 싹둑 잘린 것 같은 산들을 가리키며 말했다. 어른거리는 햇살 때문에 거리를 짐작할 수 없는 오름은 거대한 무덤처럼 보였다.

명희 언니는 땀도 흘리지 않았다. 새로 산 나일론 원피스를 입은 나는 땀이 차서 목깃에 쓸린 살갗이 따끔거렸다. 원피스뿐만이 아니라 운동화도 새것이었다. 풀풀거리는 먼지가 피어나는 길을 걸어오면서 내 운동화는 벌써 먼지로 더럽혀졌다. 명희 언니는 어느 때는 따라잡을 수 없을 만큼 빠르게 걷다가 드문드문 보이는 길갓집들을 만나면 깔락깔락 입소리를 내며 남의 집 마당에 있는 강아지를 부르고, 풀을 뜯고 있는 염소 약을 올리느라 염소 울음소리를 내며 해찰을 부렸다. 지친 나는 끝이 없을 것만 같은 아득한 느낌에 문득문득 뒤를 돌아보곤 했다.

명희 언니는 고갯길로 들어서자 다시 걸음을 빨리했다.

고개를 오를 때는 드문드문 있던 구름들이 한데 뭉쳐서 넓게 퍼지더니 바람이 세차게 불기 시작했다. 비가 올 것 같았다. 나는 잔뜩 긴장한 얼굴로 언니 뒤를 따랐다. 비탈은 갈수록 높아져서 헉헉 숨이 차올랐다. 명희 언니는 애먼 데로 나를 끌고 가 일부러 골탕을 먹이려고 작정한 것 같았다. 언덕길을 다 오르자 산 아래로 시퍼런 바다가 펼쳐졌다. 내가 바다에 떠 있는 느낌이었다. 나는 아직도 아리랑호를 타고 있는 것 같았다. 명희 언니는 두 팔을 벌리고 아아아, 우우우, 소리를 지르며 활공하듯 언덕길을 달려 내려갔다. 목구멍을 틀어막을 듯 바람이 불었다. 명희 언니는 펄펄 날았다. 나는 바람을 잔뜩 안고 달려 내려가는 명희 언니를 따라 언덕길을 내달렸다. 발을 비끗하면 낭떠러지 아래 시퍼런 바다로 곤두박질칠 것 같았다.

다시 평지로 내려섰을 땐 먹장구름들이 재빠르게 그림을 그리며 흩어졌다 모였다. 멀리 서 있는 오름들은 가까워졌다 다시 멀어졌다.

"지름길로 질러온 거라. 이제 조금만 더 가민 논깍 강이네 집이라."

"강이는 누구야?"

"강이 아방이 너네 아방 사촌 동생이주. 너헌텐 당숙이고 나헌텐 사돈이주."

이번에도 명희 언니는 똑 부러지게 말했다.

"그걸 언니가 어떻게 알아? 나도 모르는데."

"한동네 살다 논깍으로 가시난 잘 알주."

명희 언니는 우리 친척들 일이라면 모르는 게 없는 것 같았다.

"비가 오면 어떡해?"

명희 언니는 이번엔 대답을 않고 빠른 걸음으로 걷기 시작했다.

나는 주머니 속에 넣어 둔 돈을 만지작거렸다. 고모가 맛있는 걸 사 먹으라고 준 돈이었다. 하지만 과자를 사 먹을 점방은커녕 집들도 보이지 않았다. 구름은 점점 더 넓어져서 밭들을 둘러싼 검은 돌담이 더 검게 보였다. 명희 언니와 나는 몰려드는 구름과 경주를 하듯 뛰었다.

돌담 밭길을 빠져나가자 그제야 차가 다니는 넓은 길이 나왔다. 오름은 좀 전보다 더 멀찍이 비켜나고, 나는 방향 감각도 없이 명희 언니 뒤만 따라가고 있었다. 앞서 걷다가 다시 돌아온 명희 언니는 내 손을 잡고 길가로 비켜난 작은 솔숲으로 들어갔다. 빗방울이 훅 이마를 치고 지나갔다. 낮은 구릉이 있는 데로 가며 명희 언니는 "무서운 길이다" 하고 혼잣말하듯 말했다. 그 말에 나는 갑자기 어깨가 오싹하게 말려들었다.

명희 언니는 돌을 얼기설기 얹어 놓은 작은 돌무덤 앞에 멈춰 섰다. 둘러보니 그 주변엔 그런 돌무덤이 몇 개 더 있었다. 명희 언니가 서 있는 돌무덤 앞엔 고사를 지냈는지 누런 밀가루 떡과 과일, 술 찌꺼기가 묻어 있었다. 새나 짐승이 쪼아 먹었는지 사과는 누렇게 변해 있고, 떡은 곰팡이가 낀 스펀지처럼 보였다.

"명희 언니, 이건 뭐야?"

내가 돌무더기를 가리키며 물었다.

"억울허게 죽은 사람 무덤이주."

"언니가 어떻게 알아?"

"무사 몰라. 우리 어머니가 천도허는 영혼들 무덤이 다 이런디."

말짱한 목소리로 대답한 명희 언니는 갑자기 솔가지 하나를 뚝 분지르더니 돌무덤 앞에 무릎을 꿇었다. 그러곤 뒤에 멀뚱하게 서 있는 내게 손을 벌렸다. 나는 뭐?, 하는 눈으로 명희 언니를 쳐다봤다.

"느이 고모가 준 돈 일루 줘 보라게."

내가 망설이자 명희 언니는 노잣돈이 필요하다고 했다. 좀 있다 돌려줄 테니 어서 돈을 달라고 재촉했다. 나는 주머니에서 만지작거리던 백 원짜리를 내밀었다. 돈을 받아 든 명희 언니는 망설이는 기색도 없이 내가 보는 앞에서 돈을 반으로 쭉 찢었다. 나는 놀라서 하마터면 꽥 소리를 지를 뻔했다. 그때 빗방울이 후두둑 소리를 내며 떨어졌다. 명희 언니는 솔가지 위에 찢어진 반쪽짜리 지폐를 놓고 무어라고 중얼중얼하더니 갑자기 울음을 터뜨렸다. 느닷없는 울음이었다. 울음은 빗소리에 섞여 통곡으로 변했다. 서늘한 기운이 내 목덜미를 쫙 훑고 지나갔다. 나는 비를 피할 생각도 못한 채 울고 있는 명희 언니를 바라보기만 했다.

"아이고 할망, 아이고 하르방"

명희 언니의 목소리가 덜덜 떨려 나왔다. 꼭 신들린 사람의 소리 같았다.

"불쌍허고 불쌍허우다. 죽창에 찔리고 불에 타고, 총에 맞아 죽은 한이 오죽허우꽈. 아무 죄도 어신(없는) 갓난아인 어떵허고, 물허벅 지고 오던 아주망은 어떵허우꽈. 아이구, 할망, 아이구 할망."

명희 언니의 울음소리는 빗소리에 섞여 넘어가더니 어느 순간 빗소리와 함께 뚝 그쳤다. 갑자기 자리에서 벌떡 일어난 명희 언니는 손등으로 눈물을 훔쳤다. 나는 나도 모르게 뒤로 한 발 물러났다. 솔숲 사이로 한 덩어리의 검은 구름이 비껴가는 게 보였다.

"소나기라. 보라게."

명희 언니가 턱짓을 했다. 무슨 조홧속인지 명희 언니가 가리키는 쪽은 하늘이 반으로 짝 갈라진 것처럼 하얗게 햇빛이 쏟아지고 있었다.

"나가 무서웠시냐? 무서워 말라. 우리 어멍 허던 대로 해 본 거라."

그새 명희 언니 목소리는 말짱했다.

"우리 외할망도 외하르방도 그때 죽어 부런. 우리 어멍 말이, 너이 어멍네 식구들도 그때 죽어 부런. 우리 어멍이 지금 내 나이였을 땐디, 심방이었던 외할망은 외하르방이랑 굿을 해 주고 오던 길이라 허여. 총에 맞아 죽은 외하르방과 외할망을 우리 어멍이 시체 더미 속에서 찾아낸 거라."

"육이오전쟁 때?"

나는 육이오전쟁을 떠올리며 물었다. 반공 글짓기 대회, 반공 웅변대회, 반공 표어 만들기, 책에서 읽은 육이오전쟁 이야기들이 떠올랐다. 전쟁에 나가 팔다리를 잃고 의족을 하고 다니는 상이군인들은 우리 동네에도 있었다. 아버지도 전쟁에 나갔었다고 했다. 그건 우리가 태어나기 전의 일이었다.

명희 언니는 천천히 고개를 흔들며 말했다.

"우리 어멍 말은 육이오전쟁이 일어나기 전에 있었던 일이라고 허여. 육이오전쟁보다 더 무서운 전쟁이었다고 경(그렇게) 고란(말해). 죽은 사람들을 뿔 달린 빨갱이라고 해신디,

그럼 죽어 분 우리 외할망네가 빨갱이여, 너네 어멍네가 빨 갱이여? 집이 강 어멍한테 물어보라."

얼굴에 벌겋게 열이 몰렸던 명희 언니는 이내 웃는 얼굴 로 바뀌었다. 명희 언니는 내 앞으로 바짝 다가와 노잣돈으 로 썼던 젖은 지폐를 내 손에 쥐여 주며 말했다.

"밥풀로 붙영거네 맛난 왕사탕 사 먹자게."

나는 찢어진 돈을 받아 들고 멍하니 내려다보았다. 축축 하게 젖은 돈에서 물비린내가 났다.

*

강이네 집에 도착했을 때는 어슴푸레하게 해가 지고 있었 다. 소나기에 젖었던 옷이 말라 꾸덕꾸덕해진 몰골로 우리 는 강이네 집으로 들어섰다.

아홉 살짜리 강이는 멍이야, 멍이야, 부르며 명희 언니를 놀렸다. 곱슬머리에 눈이 쪽 째진 게 짓궂게 생긴 애였다. 내 앞에서도 알짱거리며 어른들이 안 볼 때마다 혀를 날름거리 고 나를 놀렸는데, 명희 언니는 강이가 귀여운지 그 애의 짓 궂은 짓에도 좋아서 벌쭉벌쭉 웃기만 했다.

우리가 도착하자 강이 아버지는 명희 언니와 나를 하룻 밤 집에서 묵게 하고 큰집으로 먼저 떠났다. 강이네가 이렇게 멀고 먼 길이었다면 나는 따라나서지 않았을 것이다. 자전거로 20분이면 동네 한 바퀴를 다 돌고도 남는 손바닥만한 우리 동네와는 거리감이 다른 땅이었다.

그날 밤 나는 곤한 잠에 빠져들었다. 나는 아리랑호를 타고 있었다. 아무리 달려도 바다는 끝나지 않았다. 하루를, 열흘을, 한 달을 달려도 아버지와 내가 닿고자 하는 제주도는 나타나지 않을 것 같았다. 보이는 건 하늘과 바다가 하나로 붙은 망망한 푸른빛뿐이었다. 그 푸른빛을 뚫고 엄마가 바닷속으로 풍덩 자맥질해 들어갔다. 나는 물속으로 들어간 엄마가 다시는 솟구쳐 오르지 않을까 봐 발을 동동 굴렀다. 금방이라도 울음이 터질 것만 같았다. 심장은 터질 듯하고 눈은 꽈리처럼 부풀었다. 엄마를 소리쳐 불렀는데, 누군가가 내 목소리를 빼앗아 가 버린 듯 아무리 불러도 소리가 나오지 않았다.

"무서운 꿈 꿨시냐?"

나를 흔들어 깨운 건 명희 언니였다. 나는 낮게 내려앉은 천장을 보면서, 엄마 하고 불러 보았다. 목소리 끝에 울음이 달려 나왔다.

"무사 울언? 이리 오라."

명희 언니가 나를 끌어당겨 등을 토닥였다. '아가야'라고 웅얼거리는 명희 언니의 입에선 쓴 풀 냄새가 났다.

강이네서 아침을 먹고 점심나절에야 강이네와 큰집을 향해 출발했다. 덜컹거리는 버스는 푸른 바다를 끼고 달렸다. 이파리가 커다란 가로수들이 휙휙 스쳐 갔다. 명희 언니와 고생하며 걸었던 길과는 다르게 이국적인 풍경이 신비로웠다.

큰집은 손님들로 북적거렸다. 부엌과 마루, 좁은 방 안에도 사람들이 꽉 찼다. 나는 명희 언니 뒤만 졸졸 따라다녔다. 이제는 명희 언니가 자기 집으로 가 버릴까 봐 겁이 날 정도였다. 사람들은 명희 언니를 제 집 강아지 이름을 부르듯이 열심히 찾았다. 명희야이, 명희야아 부르는 소리가 나면 명희 언니는 하던 일을 멈추고 쪼르르 달려갔다. 명희 언니가 달려가면 나도 따라 달려갔다. 뒤란에 파를 뽑으러 갈 때도 같이 가고 부엌에서 전을 부치는 어른들 옆에 앉을 때도 명희 언니와 꼭 붙어 있고 우물로 물을 길러 갈 때도 함께 갔다.

우물에서는 조그만 항구가 보였다. 닻이 내려진 작은 배 몇 척이 잔파도를 타고 울렁울렁 흔들렸다.

"너 사는 곳은 어떻혀?"

명희 언니가 우물가의 반질반질한 돌 위에 걸터앉아 다리를 흔들며 물었다.

"우리 동네 항구는 여기보다 커."

명희 언니는 주머니에서 거친 종이에 돌돌 만 뭉치를 꺼냈다. 메밀가루를 부친 빙떡과 털이 숭숭 박힌 돼지고기 조각이었다. 나는 명희 언니가 주는 대로 받아먹었다.

"너 어멍은 물질허지?"

명희 언니가 문득 물었다. 나는 고개를 끄덕이며 돼지고기를 입에 넣고 우물우물 씹었다.

"나도 물질헐 커라. 바다에 들어강 전복도 잡고 미역도 캐고. 바닷속 깊은 데까지 들어가 보민 세상 끝까지 통하는 길이 있을 커라잉?"

명희 언니는 말끝에 히이힉, 이상한 소리를 내며 웃었다. 언젠가 엄마도 그랬다. 바닷속으로 들어가면 이 세상과는 다른 세상을 만난다고. 물속에선 눈물도 안 나고 한숨도 안 난다고. 어쩌면 엄마도 명희 언니처럼 바닷속 끝까지 닿아 다시는 이 세상으로 떠오르고 싶지 않았을지도 모른다.

밤이 깊어 제사상이 차려졌다. 나는 명희 언니와 건넌방에서 컴컴한 마당을 내다보았다.

"하꼼만 기다려 보라. 시께밥 먹으러 귀신들이 올 거. 바람이 불고 촛불이 홀홀 흔들리면 저 올레길로 귀신이 들어온다이."

명희 언니는 무서운 소리도 아무렇지 않게 했다.

"언니네 엄마는 어디 갔어? 언니는 왜 여기 있어?"

"우리 어멍은 산에 기도하러 갔져. 기도가 끝나야 오주. 기도 안 하면 몸이 막 아파 부난 기도해야 된다게."

명희 언니 목소리가 나른하게 들렸다. 풀을 발라 놓은 것처럼 눈꺼풀이 쩍쩍 들러붙었다. 나는 안간힘으로 눈을 뜨고 마당을 내다보았다. 검은 마당엔 아무것도 보이지 않고 내 눈앞에 있는 명희 언니가 멀어지며 점점 작아지다 아주 멀어져 갔다. 그날 밤, 얼굴도 본 적 없는 큰아버지가 집을 찾아왔는지는 알 수 없었다.

*

아버지와 나는 사흘을 더 제주도에 머물렀다. 아버지 손에 이끌려 친척집들을 방문했는데, 그들은 아버지와 나를 멀리서 온 손님으로 반갑게 맞아 주었다. 떠나던 날까지 엄마의 육촌이라는 명희 언니 어머니는 끝내 보지 못했다. 명희 언니는 어머니가 산에서 언제 돌아올지 모른다고 했다.

떠나던 날엔 큰집 앞 부두에서 사진을 찍었다. 반팔 남방셔츠에 밀짚모자를 손에 든 아버지와 여전히 얼굴이 붉은 고모와 큰아버지의 아들인 재성이 오빠가 우물 쪽을 바라보며 나란히 섰다. 사진을 막 찍으려고 할 때 골목 저쪽에서 명희 언니가 내 이름을 부르며 뛰어왔다. 사진사 아저씨가 잠시 동작을 멈춘 채 뒤를 돌아보았다.

"자이 보라게, 저 칠락팔락하는 거. 저러다 또 넘어정거네……."

고모가 쯧쯧 혀를 찼다.

명희 언니는 헉헉거리며 달려와 맨 앞줄에 서 있는 내 옆으로 쏙 들어왔다.

우리가 서 있는 뒤쪽엔 작은 배가 파도에 울렁거리고, 갈매기들이 깍깍 소리를 내며 날고 있었다. 볕이 뜨거워 나는 사진사를 바라보며 이맛살을 찡그렸다. 사진사 아저씨가 웃으라고 소리치자 명희 언니가 갈매기 소리를 흉내 낸 듯한 이상한 소리를 내며 웃었다. 내가 명희 언니를 쳐다보자 사진사 아저씨가 자, 찍어요!, 하고 소리쳤다. 붉은 잇몸을 드러낸 채 웃고 있는 명희 언니의 콧잔등엔 주름이 잔뜩 잡혀 있었다.

나는 아버지의 손을 잡고 친척들의 배웅을 받으며 아리랑호를 타기 위해 큰집을 나섰다. 고모와 명희 언니가 버스정류장까지 따라 나왔다.

"언니, 이거!"

나는 밥풀로 붙인 백 원짜리 지폐를 내밀었다. 그 돈 말고도 친척집을 돌며 받은 용돈이 두둑하게 내 주머니에 들어 있었다. 그 지폐는 특별한 돈이어서 명희 언니에게 주고 싶

었다. 언젠가 또 명희 언니가 돌무덤들을 지날 때 노잣돈이
필요하면 그때 쓰라는 뜻이었고, 내가 명희 언니에게 줄 수
있는 건 그것뿐이었다.

"가서 편지허라이. 나 잊지 말고. 내가 니 괸당이여."

버스가 마른 먼지를 풀풀 일으키며 우리 앞에 와서 섰다.

"집에 강 어멍 말 잘 듣곡⋯⋯."

고모는 말을 하다 말고 코를 팽 풀었다.

"나중에 더 커민 그땐 어멍이랑 곹이 오라이."

나는 고모 말에 고개를 끄덕였다. 아버지는 버스에 올라
탈 때 고모에게 누님만 믿고 간다고 인사했다. 나는 활짝 열
린 버스 창밖으로 손을 내밀어 고모와 명희 언니에게 손을
흔들었다. 명희 언니가 발뒤꿈치를 들고 떠나는 버스를 향
해 소리쳤다.

"또 오라이, 해미야!"

나는 고개를 뒤로한 채 멀어지는 두 사람을 바라보았다.
고모와 명희 언니에게 우리 집에 놀러 오라는 말을 하지 않
은 게 후회가 됐다. 나는 늘 손님이 그리운 아이였다.

우리 모두의 이야기, '제주4·3'을 생각합니다

1978년 열두어 살 무렵의 먼 기억을 불러왔다. 조상 대대로 뿌리 내리고 살았던 섬, 내 부모와 형제들이 태어나고 자란 그곳을 나는 그때 처음 가 보았다. 타향에서 여생을 보냈지만 돌아가실 때까지 물질을 했던 어머니와 아버지는 제주4·3의 한가운데 있었던 분들이다.

2000년 1월에 공포된 '4·3특별법'에 의하면 제주4·3이란 1947년 3월 1일을 기점으로 하여 1948년 4월 3일 발생한 소요사태 및 1954년 9월 21일까지 제주도에서 일어난 무력 충돌과 진압 과정에서 주민들이 희생당한 사건으로, 광복 이후 남한만의 단독정부 수립에 반대한 남로당 제주도당의 무장봉기와 이에 대한 미군정의 강압이 계기가 되어 제주도에서 일어난 민중항쟁이라고 되어 있다. 백과사전식으로 정리된 정의다.

1만 년 전, 선사시대에 화산이 폭발해 생긴 섬, 제주도는 조그만 땅 덩어리를 가진 한반도에 신이 주신 선물이다. 그러나 1948년 민간인 학살로 인해 '죽음의 섬'이 되었다. 척박한 땅을 일구며 살았던 가난한 민중들이 죽창과 총칼에 무차별적으로 죽임을 당해 암매장되거나 수장되기도 했다. 그 아픈 기억은 내 부모님의 가슴에 유리 조각처럼 박혀 있었다. 국제법상 전쟁 중일지라도 금지하고 있다는 제노사이드(집단 학살)의 대표적인 사례가 제주4·3에서도 자행되었다. 북촌리 주민 300명이 집단 학살된 사례가 그것을 말해 준다. 제주 땅을 밟아 보면 안다. 뼈아픈 학살의 흔적들이 그 아름다운 섬 곳곳에 남아 있음을. 4·3으로 인해 제주도민 3만여 명이 희생되었고, 전통 가옥의 90퍼센트가 소실되었다.

개인적인 기억을 소설이라는 화법으로 각색했지만, 제주4·3은 비단 나만의 이야기가 아닌 우리 모두의 이야기이다. 제주특별자치도라는 천상의 섬은 우리 모두의 섬이고, 나와 내 자손들이 대대손손 살아갈 섬이기 때문이다. '평화와 상생의 꽃'으로 피어나길 염원하는 제주 섬은 아직도 우리의 역사 한가운데에서 뜨겁게 타오르고 있다. 부디 그곳에 평화가 깃들기를…….

● 홍명진

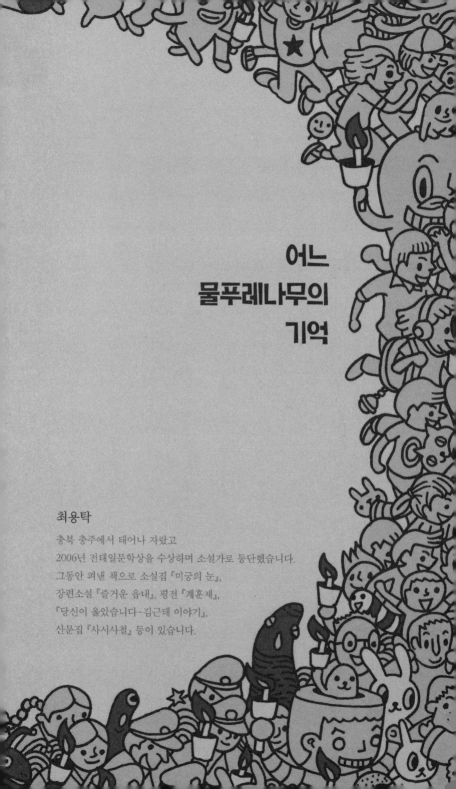

어느
물푸레나무의
기억

최용탁

충북 충주에서 태어나 자랐고
2006년 전태일문학상을 수상하며 소설가로 등단했습니다.
그동안 펴낸 책으로 소설집 『미궁의 눈』,
장편소설 『즐거운 읍내』, 평전 『계훈제』,
『당신이 옳았습니다-김근태 이야기』,
산문집 『사시사철』 등이 있습니다.

길었던 장마가 남은 기운으로 간간이 비를 뿌리던 7월 초순이었다. 정확히는 7월 6일, 음력으로는 오월 스무하루였다. 그날 새벽부터 이튿날 저녁까지, 그리고 며칠이 지난 후의 또 며칠 동안 나는 굉장한 장면들을 보았다. 그것은 일종의 축제라고 할 만한 것이었는데, 둘째 날에 내 허리가 부러지는 사건이 일어났으므로 그다지 유쾌한 기억만은 아니다.

나는 그때 만 4년이 채 안 된 어린 물푸레나무였다. 싸리골이라 불리던 한 골짜기의 잡목 숲이 나의 거처였다. 조그만 시골 마을에서 이백여 미터 정도밖에 떨어지지 않은 곳이었으므로 저녁이면 땔거리가 떨어진 집의 아이들이 낫을 들고 와 한 아름씩 나무를 해 가곤 했다. 불땀이 좋은 참꽃나무나 싸리나무가 인기였는데, 물론 급하게 내두르는 낫에 찍혀 나의 형제인 물푸레나무들도 속절없이 어느 집 아궁이로 들어가곤 했다. 불길에 의해 정화된 그들의 영혼은 곧

바로 굴뚝을 빠져나와 뭉게뭉게 승천하는 것인데, 나는 멀리서 그 광경을 보면서 황홀한 마음에 젖어 들곤 했다. 한번 자리를 잡으면 결코 다른 곳으로 옮겨 갈 수 없는 운명과 언젠가는 가장 가벼운 몸을 얻어 하늘로 갈 수 있다는 것, 그러나 그사이에 얼마의 나이테가 존재하는지, 어떤 굴곡의 나날들이 기다리고 있을지 등의 상념이 끊임없이 떠올랐다.

그날, 아직 이슬이 내리는 미명이었다. 어둠의 외투가 한 겹씩 벗겨지는 하늘엔 구름 한 점 없었다. 그런 날은 고역이었다. 장마 내내 잔뜩 물을 먹어 무거워진 잎사귀에 땡볕이 내리쬐면 도저히 견딜 수가 없다. 최대한 이파리에 주름을 지우고 고개를 숙여야 했다. 오랜만에 나타난 해의 기세에 무조건 복종하며 긴긴 하루를 견뎌야 한다. 물론 나는 이럴 때면 훨씬 유리한 조건이다. 내가 서 있는 곳은 골짜기의 한 빗면이기 때문에 정면으로 햇빛을 받는 시간은 그리 길지 않다. 그날도 나는 하늘을 올려다보고는 그저 잠든 듯이 하루를 보내려 했다. 언제나 그렇듯이 이 골짜기의 주인은 정적이었고 그의 벗인 바람만이 가끔 찾아왔으므로 여느 날과 다른 어떤 징후를 느낄 수는 없었다. 그런데 긴 행렬이 보였다. 한 줄로 선 사람들이 마을 뒷길을 지나 이쪽으로 오고 있었다. 오십 명, 백 명, 아니 이백 명에 가까운 사람들이었다. 이토록 많은 사람들을 한꺼번에 본 것은 처음이었다.

점점 가까이 오는 사람들은 두 패로 나뉘어 있었다. 무명옷을 입은 대부분의 사람들은 놀랍게도 하나로 엮여 있었다. 양손을 철사로 묶인 사람들은 조금 더 굵은 철사로 앞뒤 사람과 연결되어 있었다. 기나긴 행렬 옆으로는, 그러니까 예닐곱 명 정도마다 한 명씩 똑같은 제복을 입은 사람들이 섞여 있는데, 그들이 손에 든 것은 길고 시커먼 총이었다. 그리고 저마다 어깨를 가로질러 네모난 통 같은 것을 차고 있었다. 그것은 마치 학교를 빼먹고 골짜기에 와서 놀던 아이들이 꺼내 먹던 도시락 모양이었다. 진기한 구경거리가 아닐 수 없었다.

행렬은 이내 골짜기로 들어섰다. 무슨 일이 일어날지는 몰랐지만, 나는 그들이 다른 곳으로 가지 않고 이 골짜기로 들어선 것에 일단 기분이 좋았다. 사람들 사이에는 구경 좋아하면 가난하게 산다는 말도 있는 것 같지만, 그건 다 나무가 되어 보지 않아서 하는 소리다. 나무는 일 년에 고작 몇 센티미터씩 자라는 높이대로 세상이 보인다. 마음대로 돌아다니는 발 달린 생령들은 상상도 못 할 고단함이다. 세상에 나왔으면 당연히 세상 구경이 가장 중요하다는 것이 나의 생각이었다. 그러니 그들이 골짜기로 들어섰을 때 내가 이미 약간의 흥분 상태에 빠진 것도 당연했다.

사람들은 대부분 젊은 남자들이었다. 여자는 한 명도 없었다. 이십 대나 삼십 대가 많았고 제일 나이 든 축도 오십 대를 넘어 보이지는 않았다. 늘 보던 마을의 사람들과 조금도 다르지 않은 농투성이들이었다. 그렇지만 얼굴 표정만은 전혀 달랐다. 마치 무서운 귀신이라도 만난 듯 혼겁한 눈동자는 풀려 있고 여름날인데도 사시나무 떨듯 온몸을 떨었다. 거의 모두 오줌을 싸서 바짓가랑이가 젖어 있었다. 내내 말없이 걸어오던 사람들은 골짜기에 들어서자마자 비명을 지르기 시작했다

　살려 주시우. 지발 나 좀 살려 주시우.

라고 제일 먼저 소리친 것은 대머리쟁이였고,

　안 쥑인다구 했잖유. 부역 간다구 했잖유.

하는 조막손이와,

　난 안 돼유. 즤 어미도 읎는 애덜이 느이유. 나 읎으믄 굶어 죽어유.

하며 울음을 터뜨린 족제비 수염과,

　나는 죄 읎시유. 당최 왜 이라는규. 죽어두 죽는 영문이나 알어야 염라대왕헌티 고할 말이 있쥬.

하며 묶인 두 팔을 내젓는 것은 곰보 자국이 송송한 사내였다.

　씹헐, 살다 살다 이렇게 죽는 꼴은 내 처음이네.

　자리에 털썩 주저앉으며 내뱉는 구레나룻의 말에는 웃음

이 절로 나왔다. 발 달린 짐승이야 다 처음 죽지, 거푸 죽는 법이 있던가. 비명과 울음소리와 무어라 지껄이는 소리들이 뒤엉켜 골짜기가 떠나가도록 시끌벅적했다. 세상에 태어나서 그런 구경거리는 듣도 보도 못한 것이었다. 재미가 깨소금 쏟아지는 맛이었다. 그때였다.

이승만 만세! 대한민국 만세!

누군가 소리치자, 사람들은 중요한 것을 잊고 있었다는 듯이 일제히 합창을 하기 시작했다.

이승만 만세! 대한민국 만세! 이승만 만세! 대한민국 만세!

만세 소리는 끝도 없이 계속되었고 사람들의 목소리는 더욱 커졌다. 갑자기 눈에서 생기가 나며 묶인 두 손을 치켜들려고 애를 쓰는 것이었다. 이대로 죽는 날까지 만세만 부르라고 해도 부를 태세였다.

뭐 해? 어서 집어넣지 않고.

제복 중의 하나가 호통을 치자 다른 제복들이 일제히 사람들에게 달려들었다. 골짜기 안으로 들어가지 않으려고 두 발로 버티는 사람과 주저앉은 사람들에게 개머리판을 휘두르기 시작했다. 그냥 때리는 것이 아니었다. 아주 머리를 박살 내려는 듯 바람 소리가 쌩, 나도록 후려갈겼다. 어떤 사람의 머리에서는 바가지 깨지는 우지끈 소리가 나고 어떤 이는 퍼억, 하고 늙은 호박 터지는 소리를 내기도 했다. 피가 분수처럼 솟구치다가 아주 떨어져 나간 골통 사이로 허연 뇌수가 흘러내렸다. 놀라 벌어진 눈과 입으로 불그죽죽한 피와 뇌수가 흘러들어 갔다. 어떤 이는 옆에서 맞은 사람의 머리털 붙은 살점이 날아와 뺨에 붙었는데도 알아차리지 못하고 떨고만 있었다. 함께 엮인 사람들은 그 모양이 몹시 두려운 기색이었다. 자기가 맞는 것도 아닌데 사방에서 아이고, 아이고 하며 법석이었다. 나는 사람들이 나무를 하거나 논밭에서 일하는 모습은 자주 보았지만 이렇게 이상한 짓도 하는 줄은 몰랐다. 물론 다른 데서 모여 늘 이런 짓을 하는 걸 나만 몰랐을 수도 있었다. 그렇다면 더욱더 놓쳐서는 안 될 구경거리였다.

아주 죽었는지 일어서지 못하는 사람들이 여럿이었다. 제복들은 넋이 나간 사람들에게 계속 개머리판을 휘두르며 앞으로 나아가게 했다. 그들은 죽어 자빠진 사람들과 여전히 철사 줄로 엮여 있었기 때문에 시체를 질질 끌며 걸었다. 그 바람에 자신의 손목을 옥죈 철사가 점점 파고들어 가 팔목의 살이 홀렁 벗겨져 뼈가 드러났다. 걸음을 옮길 때마다 뼈가 철사에 갈리는 소리가 났다. 그런 이는 몹시 괴로운 듯 눈을 허옇게 까뒤집고 으흐흥, 으흐흥 하고 소 울음소리를 내었다. 내가 보기엔 남을 웃기려고 소 흉내를 내는 것 같지는 않았다. 그런데 왜 그런 소리를 내는지 우습기도 하고 뭔가 앞뒤가 안 맞는 것 같기도 했다. 어쨌든 이백 명이 넘는 사람들이 골짜기 안으로 다 들어왔다.

골짜기는 안으로 들어갈수록 좁아지지만 초입은 꽤 널찍한 편이다. 그래서 작년까지만 해도 시유지인 이 산의 마름 노릇을 하는 아랫말의 길선이가 감자를 놓기도 하고 목화를 심기도 했었다. 하지만 워낙 해가 들지 않아 무엇을 해도 남의 반 소출이 나기도 어려웠다. 그래서 올해부턴 그냥 묵히나 했더니, 이른 봄에 반 주먹쯤 되는 삼씨를 가져와 심어놓았다. 다 저녁에 올라온 길선이는 나중에 산삼으로 속여 팔 계산인지 괜히 아무도 없는 주위를 살펴 가며 삼씨를 뿌렸다. 나는 그 널찍한 초입이 끝나며 좁아지는 첫머리의 산비탈에 서 있다.

사람들이 좁은 골로 다 들어가고 맨 끝의 몇 명이 내 앞에 섰을 무렵 제복들이 반으로 나뉘어 양쪽 산으로 올라갔다. 한쪽에 십여 명씩 되었다. 인솔자인 듯한 제복의 명령에 따라 그들은 골짜기의 사람들과 예닐곱 발짝 되는 산허리에서 간격을 맞추어 섰다. 한 제복은 하필이면 내 밑동에 왼쪽 발을 몇 번 탕탕 구르더니 그대로 발을 얹고 자세를 잡는 것이었다. 골짜기의 사람들은 이미 혼이 중천에 떴는지 제대로 소리를 지르는 이도 없었다. 누군가의 이름을 부르는 소리만이 쉬지 않고 들려올 뿐이었다.

중택아, 아부진 인제 죽는갑다. 아이고, 아이구.

나는 남이 죽은 곳에 가서 하는 소리가 아이고인 줄 알았는데 그게 아닌 모양이었다. 자기가 죽으면서도 거의 모두 아이고 소리를 계속하고 있었다.

문희야, 선희야, 아이고, 불쌍해서 어째, 아이고. 수영들도지나 잘 받어야 할 낀데. 아이고, 나 죽으믄 그노무 작자가 도지나 잘 가져올지 몰러, 아이고.

아이구, 형님. 우리가 한날한시에 죽는구만유. 이기 무슨 변고래유.

아녀. 우리가 지은 죄가 읎는데 죽이기야 하겄냐. 호랭이 굴에 들었어두 정신만 차리믄 사는 겨.

아니, 형님은 저기 총 든 순사덜 보믄서두 그런 말이 나와유.

그래두 좀 더 기달려 보자. 설마 다 죽이기야…….

그때 한쪽 산허리에서 제복들을 지휘하던 한 사내가 입을 열었다.

여러분, 나는 여러분의 안녕과 치안을 책임진 창주경찰서의 아, 이름은 알 것 읎구, 하여튼 오늘 여러분은 여기서 모두 다 죽게 되었십니다. 여러분이 죽는 것은 다 즌쟁을 일으킨 북괴 탓이니께, 원망을 할라면 그짝을 원망혀야지, 조금도 우리를 원망해서는 안 됩니다. 할 말은 많지만 시간 관계상 이걸로 마치고, 아니 하나 더 알려 드리면 지난번 연맹 모임 때 모였던 12개 면의 모든 연맹원이 다 죽을 것이니께, 혹시 지금 모인 3개 면의 여러분만 억울하다고 생각하면 오해입니다. 내일 저녁까지는 다 이곳에서 죽을 것이니, 이 점 오해 없길 바랍니다. 그럼 훈화 끝.

그가 끝이라는 말을 갑자기 큰 소리로 말했기 때문에 제복들은 화들짝 놀라 일제히 총을 들어 사람들을 겨누었다. 사람들 사이에서 단말마의 비명이 터져 나왔다. 비명이 들 끓자 일장 연설을 하던 사내가 귀찮다는 듯이 소리쳤다.

총덜 다 들었지? 쏴!

순간, 골짜기의 양쪽에서 총들이 불을 뿜었다. 난리도 그 런 난리가 없었다. 수많은 총알들이 날아가서는 사람들의 몸에 박혔다. 워낙 가까운 거리인데다 한곳에 몰아 놓고 쏘 아 대는 것이니, 총알마다 여지없이 백발백중이었다. 골짜 기는 순식간에 피바다가 되었다. 배로 날아간 총알은 창자 를 감은 채 등 뒤로 쑥 빠지기도 하고 머리를 부수고 지나간 곳에는 눈알이 흘러나와 가슴께까지 늘어지기도 했다. 미 처 숨이 끊어지지 않은 사람들은 삐져나온 창자를 도로 밀 어 넣으려다가 또 다른 총알을 맞고는 벌렁 자빠졌다. 쉴 새 없이 울리는 총성 사이로 사람들의 비명이 섞여 마치 엄청 난 음악을 연주하는 것 같기도 했다. 제복들이 가슴에 매었던 도시락에서는 밥이 아닌 총알이 나왔다. 얼굴에서 땀을 줄줄 흘리며 제복들은 계속 총을 쏘아 댔다. 사실 내가 인간들에게 약간 감탄하는 것은 이런 면이었다. 인간들은 아무리 힘이 들어도 무언가 해야 할 일이면 꼭 해야 직성이 풀리는 족속인 것 같았다. 엄청나게 큰 나뭇짐을 지게에 지고 헐떡거리며 산을 내려가는 사람이나, 괴로운 얼굴빛을 하고도 쉬지 않고 깨밭을 매는 농군들을 보면 그런 생각이 들었다. 그것은 여러 생령들 중에 두 발 달린 인간들만이 하는 특이한 것이었다. 아마 오늘 골짜기에 와서 서로 총을 쏘고 총을 맞고 하는 것도 내가 알 수 없는 사람들의 일상사인지도 모를 일이었다. 어찌 되었든, 내게는 나쁜 일이 아니었다. 생전 처음 하는 구경도 구경이려니와 사람들이 흘린 피와 흩어진 살점들은 골짜기의 여러 생령들에게 뜻하지 않은 횡재였다. 아직 화약 냄새가 가득한데도 기름진 냄새를 맡은 온갖 벌레들이 고물고물 땅속에서 기어 나왔다. 제복들도 내려와 아직 무엇이 부족한지 아이고, 아이고를 연발하는 사람마다 머리에 총알 한 방씩을 더 넣어 주었다. 그러고는 횡하니 돌아가 버렸다. 이제 땅속 벌레와 날벌레 들의 축제였다. 세상에, 염천이긴 했지만 어디서 그렇게 금방 모여들었는지 윙윙대는 온갖 집파리 쇠파리 똥파리와 이 골짜기에서는 보지도 못하던 날것들이 까맣게 몰려들었다. 파리 중에는 애들 주먹만 한 놈들도 있었는데, 그놈들은 한 대접은 되게 피를 빨아 먹고는 날지도 못했다. 땅속에 있던 종벌레, 총채벌레, 귀신벌레, 지옥벌레 들도 일제히 기어 올라와 뚫린 내장 사이로 파고들었다. 잠깐 사이에 포식을 한 파리들은 이미 쉬를 깔기고 있었다. 죽은 짐승의 몸을 숙주로 자라는 노랑우산독버섯의 포자도 자욱하게 날아왔다. 그들이 열심히 파헤치고 분해한 뼈와 살 들은 순한 거름이 되어 나의 뿌리에도 스밀 것이었다.

해가 높이 솟아오르고 말매미들이 쐐액, 쐐액 울고 다시 사람들이 올라올 때까지 그 엄청난 포만의 축제는 계속되었다. 이번에 온 치들은 좀 전에 온 사람들과는 달랐다. 우선 손을 묶이지 않고 굵은 철사로 발만 서로 십여 명씩 연결되어 있었다. 그들은 먼저 이루어진 살육의 현장을 보고 이미 혼이 나간 상태였다. 혀가 굳었는지 알아듣게 소리라도 지르는 사람이 없었다. 이번에는 한 꿰미에 엮인 사람들을 한 줄로 앉혀 놓고 바로 뒤에서 총을 쏘았다. 그러고는 또 한 줄, 또 한 줄, 또 한 줄…… 먼저 죽은 사람의 몸 위로 다음 줄의 사람이 엎어졌다. 죽음을 기다리던 뒷줄의 사람들 중에 기절하는 사람이 속출했다. 아예 정신을 놓아 버리는가 하면 발광을 하듯 온몸을 버르적거리며 입에 거품을 물기도 했다. 죽기를 기다리는 사람뿐 아니었다. 총을 쏘아 대던 제복 하나도 갑자기 웩웩거리며 속엣것을 토하더니 총을 내던지고 산을 내려가기 시작했다. 다른 제복짜리가 어깨를 잡아채는데, 이미 눈빛이 실성한 사람의 그것이었다.

냅 둬. 정신 돌아오믄 서＊루 오겠지. 얼렁얼렁 해치우고 우리도 가자구.

두 번째로 온 사람들도 모두 죽자 골짜기 안은 다시 벌레들의 천국으로 변했다. 이번에는 늦게 소식을 들은 쥐들이 몰려와 내장을 뜯고 뼈를 갉았다. 피를 뒤집어써서 뻘겋게 변한 쥐들을 뱀들이 다가와 날름날름 삼켰다. 개들도 몇 마리 나타나 창자를 빼내어 아귀처럼 먹어 댔다. 서산에 노을이 걸리자, 골짜기 안은 붉은 조명이 켜진 축제의 장과도 같았다. 어둠이 내려 날벌레들이 사라지기까지 그 엄청난 요란은 계속되었다. 밤이 되면서 골짜기는 다시 고요에 휩싸였다. 벌레들의 고물거리는 소리만이 희미할 뿐 여느 때와 다름없이 은하수가 흐르고 마을의 창에는 호롱불이 일렁였다. 가끔씩 먼 곳에서 쿵, 쿵 하는 대포 소리가 들려왔다. 죽은 사람들은 서로서로 포개진 채 아주 평온해 보였다. 작은 개울을 이루었던 피들이 굳어 별빛에 반짝이는 것을 보며 나는 그 밤을 보냈다. 아름다웠다.

날이 밝자 마을에서 사람 하나가 올라오는 모습이 보였다. 다름 아닌 길선이었다. 길선이는 땅이라도 꺼질 듯이 조심조심 올라오더니, 먼빛으로 골짜기 쪽을 보다가 허방이라도 디딘 듯 제자리에 풀썩 주저앉았다. 그러고는 냉큼 일어나 허둥지둥 마을로 돌아가는 것이었다. 허둥대는 꼴이 우스워 이파리를 할랑이는데 다시 어제와 똑같은 행렬이 눈에 들어왔다. 도대체 알 수 없는 일이었다. 어제 죽은 사람만도 삼백 명이 넘는데 또 굴비처럼 사람들을 엮어 오는 것이었다. 처음에 제복이 말했던 대로 먼저 죽은 사람들이 억울하지 않게 하려는 모양이었다. 아무리 좋은 구경이라도 똑같은 것을 자꾸 보면 질리는 법이다. 나는 약간 심드렁해졌다. 그만하면 다른 골짜기로 가서 해도 좋겠는데, 그들은 여지없이 또 이리로 들어왔다.

어제 아침에 죽은 사람들은 이미 썩기 시작했다. 거의 누에만 한 구더기들이 시체의 배 속에서 나와 기어 다니고 산새들은 연신 날아와 구더기를 물어 갔다. 끌려온 사람들은 이 광경을 보고 선 채로 오줌똥을 쌌다.

나는 죽어도 좋아유. 그러니께 내 동상만은 살려 줘유. 안즉 장가도 못 가 본 아유. 지발 내 동상만이래두.

한 사내가 연신 고개를 주억거리며 제복짜리를 붙들었다.

어디다 손을 대? 지금 형제가 대수여? 여긴 삼형제 모두 끌려온 사람도 있다구.

어째 집안의 씨를 말린대유? 대역 죄인이라두 이런 법은 읎시유.

몰렀어? 당신덜이 바로 대역 죄인이여. 자자, 다들 마지막 으루 할 말 있으믄 허슈.

제복짜리의 말에 잠시 무춤하던 사람들이 전과 똑같은 소리를 외쳐 댔다.

이승만 만세! 이승만 만세! 이승만 만세…….

나넌 김일성 만세다, 씨벌. 김일성 만세! 김일성 만세!

중간 어름에 있던 한 사내가 연방 김일성 만세를 불렀다. 그러자 몇 군데서 인민공화국 만세니, 조선 인민 만세니 하는 고함이 터져 나왔다.

갈 데 없는 빨갱이 새끼덜이 틀림읎네, 나 참 기가 맥혀서.

제복짜리가 혀를 끌끌 차더니, 그만, 하고 소리를 꽥 질렀다. 그렇지만 중구난방의 만세 소리는 그치지 않았다.

아, 그만덜 하라니까.

제복짜리가 권총을 빼 들더니 빼곡하게 들어찬 사람들을 향해 한 방을 쾅, 하고 쏘았다. 총알은 그대로 한 청년의 목을 꿰뚫었다. 뒤로 쓰러지던 청년이 다른 사람들의 몸에 가로막혀 엇비슷하게 누워 있는 자세가 되었다. 그는 피가 솟구치는 목으로 한 손을 올리며 잠시 이게 뭐지, 하는 눈빛이 되더니 그대로 눈자위가 허옇게 뒤집히며 입을 딱 벌렸다. 그의 몸을 지탱하던 사람들이 비명을 지르며 물러나고 그의 몸은 이미 피투성이가 된 잡초 위로 풀썩 넘어졌다. 목에서는 마치 샘물이 솟듯이 피가 퐁퐁 솟았다. 제복들에게 내몰린 사람들은 그의 시체를 밟고 이미 주먹 같은 파리들이 식사를 시작한 골짜기 안으로 들어갔다. 그러고는 총소리와 비명 소리, 누군가를 부르는 소리, 죽어도 그칠 수 없다는 듯이 외치는 이승만 만세 소리 등이 한동안 계속되었다. 그 아수라장이 거의 끝날 무렵, 지금까지의 제복들과는 다른 제복을 입은 사람 둘이 올라왔다. 그들을 보자 명령을 내리던 제복이 손바닥을 펴 이마에 닿게 경례를 올려붙였다.

얼마나 처리한 거요?

예, 현재 사백팔십이 명입니다.

명단은?

예? 아, 명단은 서에 있는디유.

나머지는?

예, 백육십팔 명이 서에 대기 중입니다. 오늘 중으로 처형입니다.

오늘 밤으로 성읍까지 가서 거기 연맹원들을 처형해야 하니까, 차질 없도록. 일단 창주에서는 모든 군경이 오늘 밤 철수요. 알겠소?

예예, 잘 알겠습니다. 근데 이 시체들은 다 으짤까유?

어쩌다니, 뭘 어쩐단 말이오? 봉분이라도 하나씩 만들어 주겠다는 말이오?

아니, 그게 아니고 석유 끼얹고 불이라도 질러야 허나, 어쩌나 해서유.

건 너무 잔인하잖소? 시체라도 찾아가게 놔두지. 허, 참 당신은 여기가 고향이라면서 그런 말이 나오우?

아, 그것은 다른 게 아니구유, 지가 원체 고향이니 이런 거보담은 나라만을 생각하면서 일하겠다, 하는 것이 신조구만유.

알겠소. 그럼 신조대로 나머지도 잘 처리하시오. 나는 다시 안 올 테니까 확인 안 해도 되겠지요?

그럼유. 여부가 있었습니까. 그럼 살펴 가세유, 대위 헌병님.

대위님이면 대위님이지 대위 헌병님은 또 뭐요? 허, 참나.

그날 오후에 나머지 백육십팔 명도 골짜기로 끌려왔다. 이번에는 무엇에 쫓기는지 사람들을 마구 밀어 넣고 무작정 총을 쏘아 댔다. 묶인 것도 소경 굴비 엮듯 해 놓아서 풀어진 사람들이 이리 뛰고 저리 뛰다가 등짝에 총을 맞는 사람이 꽤 있었다. 제복짜리들의 총알을 피해 아주 등성이를 넘어 도망간 사람도 하나 있었다. 그리고 한 텁석부리 사내가 내 옆으로 도망을 치다가, 총을 맞고는 하필이면 나를 붙잡고 자빠졌다. 죽어 가면서도 어찌나 아귀힘이 센지 그예 내

허리께를 분지르고 말았다. 물론 나는 허리 아래에도 몇 개의 눈이 살아 있고 뿌리에서 다시 싹을 틔울 수도 있지만, 사 년이나 초동들의 낫을 피해 길러 온 주지를 꺾이니 좋은 구경의 대가를 치렀구나 싶어 씁쓸하였다.

이리하여 골짜기를 시체로 가득 메운 이틀간의 굉장한 난리법석은 끝났다. 갓 흘러나온 피와, 썩어 가는 시체에서 나온 물과, 내장에서 나온 똥오줌 등이 섞여 작은 도랑을 이루며 흘러가고 있었다. 육백여 구 인간의 몸에서 나오는 물은 정말 대단했다. 한바탕 거센 소나기가 지나간 것처럼 불그죽죽한 핏물은 흐르고 흘러서 아랫마을의 두레박 우물 속까지 스며들었다. 인간이 인간을 먹는다라는 말이 있다더니 이를 두고 이르는 것인 줄 그제야 알게 되었다. 죽음의 축제가 이어진 이틀 동안 마을은 잠자는 듯이 고요하였다. 밥 짓는 연기가 피어오르는 집도 서너 집뿐, 아예 문밖 출입을 하지 않았다. 마을 사람들은 그 후로도 아주 오랜 세월 동안 내가 있는 골짜기에 얼씬도 하지 않았다. 덕분에 나는 아궁이로 들어가지 않고 굵은 물푸레나무로 자랄 수 있었다.

두어 시간이 지났을까, 어제보다 더 붉은 노을이 골짜기를 비출 무렵, 쌓인 시체와 벌레와 쥐 떼와 파리들의 날갯짓 사이에서 무언가가 움직이는가 싶더니 불쑥 솟구쳤다. 놀랍게도 그것은 사람이었다. 그의 얼굴은 피와 살점 들이 잔뜩 들러붙어서 전혀 보이지가 않았는데 그도 눈이 보이지 않는지 한동안 눈자위를 문질러 댔다. 목에도 누군가의 창자가 새끼줄처럼 감겨 있었다. 마침내 눈을 뜬 그는 주위를 둘러보더니, 시체를 마구 밟으며 골짜기 안쪽으로 짓쳐 올라갔다. 그의 한쪽 발이 벌어진 누군가의 배를 밟고 넘어질 듯하다가 발을 빼는데, 이미 푸르딩딩해진 간이 그의 발등에 걸려 올라왔다. 삼십 대쯤 되었을까, 어느 정도 정신을 차렸는지, 그의 발걸음이 한결 침착해졌다. 그리고 무슨 가늠을 해 보는 것처럼 사방을 살피더니, 내가 서 있는 반대쪽의 등성이를 타고 넘어갔다. 팔꿈치 위에서 거의 끊어질 듯 덜렁거리는 팔에 살구만 한 파리 두 마리가 끈덕지게 붙어서 그를 따라갔다.

다시 칠흑 같은 어둠이 오고 은하수가 흘렀다. 음력 오월 스무이틀이었다. 은하수가 멀리 흘러가고 밤새도 잠든 다음에야 지는 눈썹달이 뜰 것이다. 쿵쿵거리는 포성은 어젯밤보다 한결 가깝게 다가와 있었다. 나는 비록 허리가 꺾이긴 했지만, 멀리 뻗은 가는 뿌리에 독하고 기름진 거름기를 느끼고 있었다. 뿌리들은 이미 일제히 방향을 틀어 골짜기로 향했다. 가을이 되기 전에 나는 빠르게 자랄 것이다. 그리고 내게 허용된 미지의 날들, 그날들이 지나고 난 후에 맞을 나의 마지막은 물론 하늘로 오르는 것이리라. 나는 사람들의 이상한 죽음을 보고 나자, 운명이라는 것을 생각하게 되었고 그 생각에 골몰하며 사흘을 보냈다. 그 사흘 동안 이슬이 내리고 땡볕이 내리쬐고 수많은 이름 없는 생령들이 날고 기어와 썩어 가는 사람들의 피와 살로 배를 불리었다. 대포 소리와 총소리가 바로 너머에서 들려왔지만 그런대로 평온한 날들이었다.

나흘째 이른 아침이었다. 지게를 진 사내 하나와 여자 둘이 올라왔다. 그들은 뒤엉킨 시체 앞에서 하얗게 질리더니, 여자들이 먼저 이슬 젖은 풀 위에 주저앉아 울음을 터뜨렸다. 사내는 사시나무 떨듯이 다리를 떨었다.

아이구, 여가 말루만 들은 지옥인 개뷰. 형수님, 이 많은 사람 중에 어뜨케 형님을 찾는대유?

한참을 목 놓아 울던 여자들 중에 등이 굽은 노파 하나가 코를 풀어 던지고 일어났다.

찾어야지. 생때같은 내 두 아덜 찾어야지. 에미야, 일어나라. 늬 낭군 찾자.

노파는 시체들에 다가가서 숨을 훅 들이마시더니 엎어진 시체의 팔을 잡아 뒤집으려 했다. 노파가 힘을 쓰는가 싶더니 시체의 팔이 쑥 빠졌다. 노파는 피 칠갑이 된 팔을 잡은 채 엉덩방아를 찧으며 뒤로 팔을 내던졌다. 지게를 진 사내는 자기 앞으로 팔이 날아오자 기겁을 하고 털썩 주저앉왔다.

아이구, 아주무니, 사람이 못 헐 일이네유. 죄송허유. 안 되것시유.

사내는 돌아서서 달음박질을 쳤다. 노파는 잠시 표정이 일그러지는가 싶더니,

그래, 한 치 건너 두 치다. 에미야, 모 허냐. 애비 찾자, 애 비. 어여, 어여 애비 찾자.

하고는 북두갈고리 같은 손으로 다시 시체를 헤집었다. 노 파의 눈이 서서히 핏빛으로 변해 갔다. 뒤에서 주춤거리던 아낙도 노파와 합세하였다. 손가락만 한 구더기가 득실거렸 지만, 노파는 무엇에 들린 사람 같았다. 처음에는 시체 한 구를 뒤집는 데도 힘에 부치더니 시간이 갈수록 엄청난 힘 으로 시체를 번쩍번쩍 들어올렸다. 마치 이 일로 평생을 보 낸 사람 같았다. 노파의 눈에서는 밤에나 보이는 파란 인광 이 쏟아져 나오고 있었다. 이미 썩어 버린 시체는 움직일 때 마다 내장과 함께 줄줄 물을 쏟았다. 어떨 때는 머리가 떨어 져 비탈을 굴러 내려가기도 했다. 얼굴로는 이미 형체를 알 아보기 어려웠다.

에미야, 바짓단을 봐라. 내가 덧대 준 자리가 있으니께, 그 걸 보믄 안다.

야. 되련님은유?

갸는 손을 봐야지. 육손인께.

두 사람이 정신없이 시체를 뒤진 지 한 시간이 좀 넘었을 때, 똑같이 지게를 진 사람들이 떼로 몰려왔다. 역시 그들도 한동안 울음소리와 아이고 소리를 낭자하게 풀어놓더니 시체에 달려들었다. 대엿새 사이에 거푸 진풍경을 보게 된 나는 시체를 만약 다 들여가면 퍽이나 아쉬울 것 같은 생각이 들었다. 사람이 죽어서 하루하루 썩어 가는 것을 보는 것도 이 적적한 골짜기에서 적잖은 볼거리였고 또 가장 기름진 거름이지 않은가. 어쨌든 사람이 하는 일을 간섭할 수는 없으니까, 그저 또다시 벌어진 이 굉장한 야단법석을 지켜볼 수밖에 없었다.

먼저 온 노파와 마찬가지로 사람들은 모두 정신이 온전해 보이지 않았다. 웩웩거리며 먹은 것을 토해 내는 사람도 더러 있었지만, 대부분 누군가를 찾느라고 난리였다. 그 바람에 시체들은 점점 뒤엉겨 내장과 팔다리와 깨진 머리통 등이 뒤죽박죽으로 뒤섞이고 있었다. 그때 먼저의 제복과는 다른 제복을 입은 사람들 셋이 아랫마을의 길선이와 그 또래 젊은이 둘을 대동하고 나타났다. 한 사람은 권총을 차고 다른 두 제복은 장총을 들고 있었다. 시체 더미를 보더니 그들도 적잖이 질겁한 표정이었다. 길선이들은 아예 코를 싸쥐고 고개를 바로 들지 못했다.

캬아, 이 남선 괴뢰들의 만행을 보라우. 애국인민들을 이렇게 학살하다니. 야, 고저 막 쏘아 댔구나야. 야, 사진 잘 찍어 놓으라우.

제복 중의 하나가 시체와 사람 들의 사진을 찍고 방금 명령했던 자는 시체를 뒤적이는 사람들을 향해 큰 소리로 말했다.

친애하는 남조선 인민 여러분, 반동 테로에 가족을 잃고 얼마나 마음이 아프십니까. 오늘 저녁에 창주소학교에서 창주읍 해방 기념대회와 반동 테로 규탄대회를 함께 열 것입니다. 이른 저녁을 드시고 여섯 시까지 모두 모이십시오. 한 사람도 빠짐없이 오시기 바랍니다.

사람들은 곁눈질만 할 뿐 누구 하나 대답하는 사람이 없었다. 얼마 후부터는 여기저기서 비명과도 같은 울음이 터져 나왔다. 가족을 찾은 사람들이었다.

아이고, 우리 대주가 아주 갔네. 불쌍해서 으째. 이 모냥으루 가다니, 아이고 이를 으째.

세상에 법 없이두 살던 사람을 먼 죄루 이리 쥑인 겨. 원통해서 내 못 살것다.

상구 아부지, 이러케 가는 벱이 어딨슈. 나는 우째 살라구, 이리 가믄 나는 우째유.

맨 처음에 올라왔던 노파도 아들을 찾은 모양이었다.

애비야, 애비야. 애비지? 틀림읎넌 애비지? 아이구, 대답 좀 혀 봐. 아이구야, 죽겄다.

노파는 형체도 알아볼 수 없는 시체의 바짓단을 뒤집어 보더니, 아예 시신을 끌어안고 피 울음을 쏟아 내었다. 노파의 곁으로 며느리가 다가와 멍한 표정으로 시체를 들여다보았다.

에미야, 애비다, 애비. 바우 같던 우리 애비가 우째 이리 됐냐, 아이고 나 죽겄다.

두 여인은 한동안 시신을 부여안았다가 서로를 안았다가 하며 몸부림을 쳤다. 노파의 목에서 피가 올라와 주름진 입 꼬리를 적시며 흘렀다.

가서 다시 중식이 불러와라. 그래두 올 늠은 그놈밲이읎다. 어여 가서 데려와라. 광목 끊어 논 것두 가지구 오구.

그 후로 오랫동안 사람들은 다시 이 골짝을 찾지 않았다. 길선이조차 발길을 하지 않았다. 찾아가지 않은 시체들은 하얀 뼈가 되어 골짝에 널렸다. 비 오고 눈 내리는 긴 시간이 흐르며 뼈들은 흙 속에 묻히고 골짜기의 그늘은 더욱 짙어졌다. 나는 아주 커다란 물푸레나무로 자라났다. 그리고 내 뿌리는 아직도 그때의 뼈 몇 조각을 감싸고 있다. 허벅지께에서 나온 그 뼈들은 아주 단단해서 좀체 썩지 않을 모양이다.

국민보도연맹 사건이란?

우리 민족사에 가장 큰 비극이었던 한국전쟁은 수백만 명의 목숨을 앗아 갔습니다. 남북의 군인들뿐만 아니라 무기를 들지 않은 수많은 민간인들이 전쟁의 와중에 죽어 갔습니다. 오히려 군인들보다 훨씬 많은 숫자였습니다. 그렇게 죽음을 당한 사건들을 통틀어 '양민 학살'이라고 합니다. 왜 죄 없는 양민들이 죽어야 했을까요?

전쟁은 모든 사람을 내 편 아니면 적의 편으로 나누어 버립니다. 그래서 적의 편을 들지도 모른다고 여겨지는 사람들에게 마치 적군을 대하듯이 총부리를 겨누게 됩니다. 그래서 증거도, 재판도 없이 억울하게 목숨을 잃은 것입니다. 많은 양민 학살 중에 가장 규모가 큰 사건이 '국민보도연맹' 학살 사건이었습니다. 학자들에 따라 차이가 있지만 대략 이십만 명 정도가 희생되었다고 하는데, 유감스럽게도 그들을 학살한 사람은 우리 대한민국의 군인과 경찰이었습니다.

'국민보도연맹'이라는 단체는 본래 1948년 대한민국 정부가 수립된 이후에, 정부가 나서서 조직한 단체였습니다. 과거에 공산주의적인 단체에 가입했거나 그에 동조하는 생각을 가지고 있던 사람들이 전향을 해서 대한민국에 충성을 다하겠다는 결의와 함께 만들어진 조직이었습니다. 그러니까, 대한민국을 지지하는 단체였지요. 그리고 그중에는 과거와 아무 상관없이 지역에서 사람 수를 채우기 위해 가입시켰던 많은 농민들이 있었습니다. '국민보도연맹'이 어떤 단체인지, 무엇을 하는 단체인지도 모르고 본인도 모르게 가입이 된 경우도 있었습니다. 그런데 전쟁이 일어나자 대한민국 정부는 '국민보도연맹' 사람들이 과거에 공산주의를 지지했기 때문에 또 북한군을 이롭게 할지 모른다고 판단했습니다. 단지 그럴지도 모른다는 이유로 정부는 전국의 보도연맹원들을 모두 처형하라는 명령을 내립니다. 너무도 말이 안 되고 끔찍한 일이었지요.

이 소설은 충북의 한 농촌 지역에서 자행된 보도연맹원 학살 사건을 그린 작품입니다. 실제로 제 할아버지가 그때 돌아가시기도 했습니다. 너무도 끔찍한 사건이어서 사람이 아닌 나무의 눈으로 그려 보았습니다. 작가의 감정을 배제하고 냉정한 시선으로 학살의 현장을 묘사하려고 했습니다.

전쟁의 참상과 억울하게 희생된 사람들을 소설로 쓰게 된 이유는 평화의 소중함을 이야기하고 싶어서였습니다. 한국전쟁이 우리에게 준 상처는 아직도 깊이 남아 있습니다. 지금도 휴전선을 사이에 두고 서로의 가슴에 총을 겨누고 있는 게 우리의 슬픈 현실입니다. 대결이 아닌 평화로, 증오가 아닌 동포애로 이 오랜 분단의 아픔을 걷어 내야 할 것입니다.

'국민보도연맹' 학살 사건으로 가족을 잃은 유족들은 육십 년 가까운 세월 동안 온갖 고통을 받으며 살아왔습니다. 남겨진 가족에게는

'빨갱이 가족'이라는 딱지가 붙어 사회적으로 불이익을 당하고 살면서도 어느 곳에도 하소연할 수 없었습니다. 다행히 2005년, '진실·화해를 위한 과거사 정리위원회'가 대통령 직속기구로 출범하여 '국민보도연맹사건'에 대한 진실을 규명하였습니다. 억울하게 죽어 간 사람들의 명예가 회복되고 학살 주체인 국가는 사과했지만 그것만으로 과거의 기억이 잊혀서는 안 될 것입니다.

지나간 역사를 기억하는 것은 같은 잘못을 되풀이하지 않기 위해서입니다. 생명과 인권은 가장 근본적인 인간의 기본권입니다. 전쟁을 세상에서 가장 큰 죄악이라고 부르는 이유는 바로 생명과 인권을 송두리째 부정하기 때문입니다. 소설을 통해 평화가 얼마나 소중한 가치인지 생각하는 계기가 되기를 간절히 바랍니다.

● 최용탁

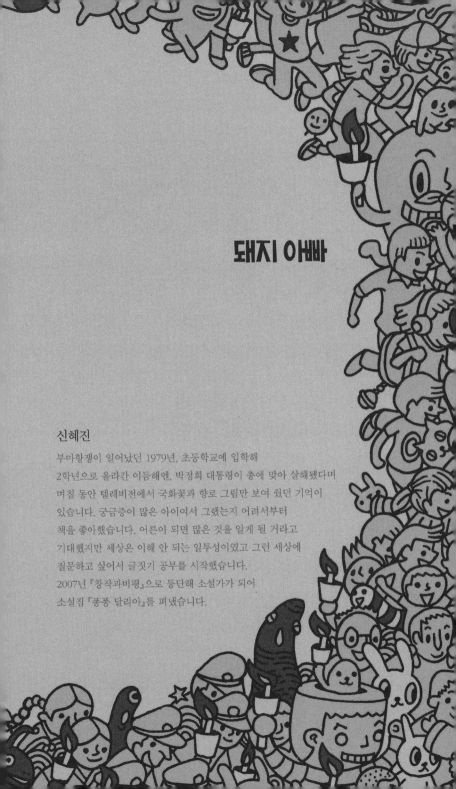

돼지 아빠

신혜진

부마항쟁이 일어났던 1979년, 초등학교에 입학해
2학년으로 올라간 이듬해엔, 박정희 대통령이 총에 맞아 살해됐다며
며칠 동안 텔레비전에서 국화꽃과 향로 그림만 보여 줬던 기억이
있습니다. 궁금증이 많은 아이여서 그랬는지 어려서부터
책을 좋아했습니다. 어른이 되면 많은 것을 알게 될 거라고
기대했지만 세상은 이해 안 되는 일투성이였고 그런 세상에
질문하고 싶어서 글짓기 공부를 시작했습니다.
2007년『창작과비평』으로 등단해 소설가가 되어
소설집『퐁퐁 달리아』를 펴냈습니다.

기말고사를 앞둔 금요일이었다. 4교시 내내 아영이의 입이 댓 발은 나와 있었다. 아침부터 할머니가 가족사진을 찍어야 한다며 사진관으로 나오라고 했기 때문이다. 그것도 금쪽같은 점심시간에 말이다. 방과 후에 가면 안 되냐고 되물었을 땐 여지없이 삼촌 핑계가 나왔다. 삼촌이 돼지 밥 줄 시간 놓치면 발작할지도 모른다, 그러니 무조건 안 된다. 할머니는 아영이가 투정을 부릴 때마다 '삼촌 발작'을 들먹이곤 했다.

　"늦으모 안 된다카이. 식구라 봐야 니캉 내캉 아재캉…… 더 있노? 닌 우예 곰살시룹게 말 한 마디, 예 하는 법이 없노, 가스나? 공부 시간에 까똑까똑 카는 거 하지 말고!"

　저고리 동정을 갈아 붙이던 할머니의 담 들린 목소리가 날파리 떼처럼 귀에 지직거리며 달라붙어서 마음이 조급해졌다. 운동장을 가로질러 뛰어가던 아영이가 잠시 하늘을 올려 보았다. 잔뜩 찌푸린 하늘에서 금세라도 장맛비가 쏟아질 기세였다. 핸드폰 시계를 보니 벌써 점심시간이 반도 넘게 지나가고 있었다. 우해진과 속닥거리느라 이십 분이나 잡아먹었다.

"아이씨, 급식도 못 먹고 이게 뭐야. 요새 사진관 가서 가족사진 찍는 집이 어딨어? 촌티 쩔어. 사진관은 왜케 멀어? 완전 개멀어~"

까짓 가족사진 따위 핸드폰으로 대충 찍어도 될 것 같은데 굳이 사진관에 가야 한다는 할머니 고집도 이해가 되지 않았다. 투덜대며 발을 재게 놀리는데 마음만 급했지, 치마통을 너무 좁게 줄인 탓에 제대로 달릴 수가 없었다. 그럼에도 오른손을 펼쳐 이마를 짚고 뛰는 것을 아영이는 잊지 않았다. 앞머리가 흐트러지면 안 된다. 앞머리는 여고생의 생명이니까.

교문 밖으로 나서는데 뚜러뺑과 눈이 딱 마주쳤다. 학교나 편의점 근처에서 돌아다니다 미성년자 대신 담배를 사주고 얼마씩 받아 챙기는 알바들을 학생들은 '뚜러뺑'이라고 불렀다. 그는 며칠 전부터 점심시간과 야자 후에 나타나 아영이네 학교 주변을 어슬렁거렸다.

삼선슬리퍼에 반들거리는 검정 추리닝 바지를 입은 뚜러뺑은 아직 이십 대인 듯 얼굴에 여드름 자국이 가득했다. 기름으로 떡 진 머리를 보니 상한 냉동 피자라도 베어 문 것처럼 속이 느글거렸다. 순간적으로 우해진을 떠올린 아영이가 침을 한번 꿀걱 삼킨 후 그에게 물었다.

"아저씨, 마일드세븐 뚫어 주는 데 얼마예요?"

"담뱃값 뿌라스 오천 원."

"아저씨 짐 장난해요? 뭔 담배 한 갑 뚫어 주는 데 오천 원? 아이씨……."

"야, 니 방금 뭐라캤노? 씨이바알?"

"제가 언제 욕했다 그래요."

주먹이라도 들어 올릴 서슬에 기가 죽은 아영이가 말꼬리를 늘어뜨리더니 슬금슬금 가던 길로 가려는데 뚜러뺑이 교복 소매를 슬쩍 당겼다.

"니 첨이제? 고객님, 첫 거래 감사, 기념이데이. 담뱃값 뿌라스 이천 원에 뚫어 주꾸마."

가진 돈은 전부 털어 봐야 고작 삼천 원, 아영이 머릿속에서 담배 한 갑과 백 원짜리 동전 세 개가 짤랑대며 날아다녔다.

"돈 모자라요, 다음에요!"

사진관 쪽으로 걸음을 옮기는 아영이 얼굴에 그늘이 드리워졌다. 담배 사 오라는 우해진의 말을 거스르면 후환이 있을 게 분명해서 일단 알았다고는 했는데 뚜러뺑 주머니에

자그마치 이천 원씩이나 찔러줘야 한다니…….

할머니랑 삼촌이랑 답답하게 사는 것보다는 우해진네 가출 팸^{Family}에 들어가 사는 편이 더 낫겠다 싶은 마음에 이것저것 물어본 게 실수였다. 애들 얘기로는 우해진네 팸은 빌라 월세라서 한 달에 얼마 부담하면 학교도 다니고 굳이 이상한 아르바이트를 안 해도 되는 데라고 들었는데 정말 그런지는 알 수 없었다.

"우리 팸에 놀러 오고 싶다고? 왜에? 너 들어오면 집이 오토매틱으로 돼지우리 되는데 내가 왜에? 뭐, 다 됐고! 일단 나가서 마일드세븐 한 갑만 뚫어 와."

우해진이 킬킬대며 '돼지우리' 어쩌고 하는데도 아영이는 아무 말을 할 수 없었다. 아무리 친아빠가 아니라고 항변해봤자 친구들은 집요하게 아영이를 '돼지 년'이라고 놀려댔다. 이 별명은 뚱뚱해서 생긴 별명도 아니고 오직 삼촌 탓에 생긴 것이다. 아영이의 몸매는 외려 말라깽이에 가까웠다.

집에 남자 어른이 삼촌밖에 없으니 딸로 오해받는 것이야 무리도 아니지만 삼촌이 어디 그냥 남자 어른인가. 동네 사람들에게 '돼지 아빠'로 불리는 벙어리에 머리가 하얀 늙은 바보 아닌가 말이다. 바보 주제에 수첩이랑 펜을 어딜 가나 꼭 들고 다니며 굉장한 생각이라도 되는 양 동그라미 따위나 그리는 멍청이. 그뿐인가, 이따금 피자 토핑 같은 발작까지 톡톡 엊어 가며 사람 놀라게 하는 웬수덩어리가 바로 삼촌인 것이다. 삼촌이 있는 한 자기 삶은 영원히 '진행형 흑역사'가 될 수밖에 없을 거라고 아영이는 생각했다.

정신이 망가져서 병원에 들락거린 전력이 있는 삼촌은 딱 멘붕마을 이장 스타일이다. 한 번도 정상이었던 적이 없다. 삼촌이 돼지랑 노는 걸 보면 아영이의 멘탈 또한 아그작 소리를 내며 붕괴되기 일쑤였다. 테니스 라켓처럼 생긴 글겅이로 돼지 엉덩이에 붙은 똥을 아무렇지 않게 긁어 주는 것만 봐도 그랬다. 돼지만큼 깨끗한 걸 좋아하는 동물도 없다지만, 양 떼 몰듯 돼지들을 냇가로 몰고 가서 샴푸를 풀어 가며 맨손으로 씻겨 주는 걸 보면 확실히 정상이 아니다. 정상이 아니기는 돼지들도 마찬가지여서 자기들이 개인지 돼지인지 정체를 모르는 눈치였다.

삼촌이 기르는 돼지 다섯 마리는 피부과에서 비싼 관리라도 받는 듯이 윤기가 돌았고, 어느 정도 자라고 난 후부터는 대놓고 개 코스프레를 하면서 삼촌을 졸졸 따라다녔다. 한마디로, 삼촌은 모든 면에서 떨어지는 인간이고 돼지들은 짐승치고 지나치게 고상하게 살았다.

한번은 이런 일도 있었다. 아영이가 학교에서 돌아오는데 돼지 다섯 마리가 미친 듯이 뛰어갔다. 몽둥이를 든 삼촌이 돼지 멱따는 소리를 고래고래 지르며 그 뒤를 따르고 한참

지나 월남치마를 펄럭이며 할머니가 절름절름 뛰어왔다. 돼지가 가출을 했다는 것이다. 모든 상황이 이해되지 않았다. 아영이를 발견한 할머니가 이렇게 절규했다.

"뛰지 말라카이. 돼지 살 빠진데이~"

"돼지가 왜? 삼촌은 왜 저래? 미친년들 같애."

나중에 알게 된 사실이지만 할머니가 돼지들을 팔겠다고 하자 삼촌이 일부러 풀어 준 것이었다. 개처럼 삼촌을 따르던 돼지들이 도망을 가지 않자 몽둥이까지 휘둘러 달아나게 만들었다고 했다. 아닌 게 아니라 할머니는 전부터 무조건 돼지 살을 많이 찌워 비싸게 파는 게 지상 목표인 사람처럼 안절부절못해 왔다.

어느 날엔가는 아영이가 "돼지 아빠지, 내 아빠, 아니라고!", 교실 한복판에서 악을 쓰며 울기까지 했으나 '돼지' 또는 '돼지 년'이라 불리는 일은 멈추지 않았다. 아무튼 삼촌 때문에 '돼지 년'으로 불리는 것도 억울하고, 할머니의 밑도 끝도 없이 늘어지는 잔소리도 지겹고, 말 한 마디 할 줄 모르면서 돼지만 애지중지 예뻐하는 삼촌은 가끔 죽어 버렸으면 싶을 때도 있었다.

느끼한 뚜러뻥과 얘기를 나누느라 시간만 낭비한 게 분해서, 잉여새끼, 하며 보도블록에 욕지거리와 침을 내갈겼다. 비 오기 직전의 공기가 가래침만큼이나 끈끈했다.

편의점과 빵집을 지나 막상 사진관에 도착했을 때는 할머니 혼자 저고리 고름을 매만지고 앉았을 뿐 삼촌이 보이지 않았다. 할머니 말로는 돼지 약을 사러 가축병원에 갔다는 것이다.

"아이씨, 늦으모 클난다꼬 할머니가 그랬잖아."

"우리 아잉이 밥 뭇나?"

얼굴이 하도 커서 삼등신이나 될까 말까, 사진관 털보아저씨가 아영이를 향해 씨익 웃고 있었다. 익스트림 라지 사이즈 얼굴에 도무지 어울릴 것 같지 않은 보조개가 옴폭 앙증맞게 들어갔다.

"아저씨, 저 빨리 들어가야 돼요. 담임한테 말도 안 하고 나왔다고요."

밥 먹었냐는 물음에 대답도 건너뛰고 아영이가 툴툴대자, 털보아저씨가 우쭐우쭐 스튜디오를 돌면서 우산에 붙어 있는 조명 스위치를 올리기 시작했다. 조명등이 사진관 벽에 붙은 알록달록한 스크린을 눈부시게 밝혔다.

"맞나? 우리 아잉이 공부 열심히 하는 모양이제? 하모, 느그 삼춘도 수재 아니었나. 겡상남도에서 일등! 일등만 했다 아이가. 삼춘 닮았으모 당근 니도 일등이제. 하모하모!"

어디까지 믿어야 되는지 도무지 알 수 없는 털보아저씨의 수다가 끝없이 이어졌다. 그 끝에 아영이가 모르는 이상

한 이야기도 나왔다.

"그 일만 없었어도…… 어매요, 그 나쁜 노무 시키 목사 됐다 카든데 들어 봤능교? 어딘지 아시능교? 내사 마 어디 붙은 교횐지 칵 불 싸질러 뿌까 싶네예."

"아저씨, 빨리 들어가야 된다니까요!"

아영이의 짜증에 털보아저씨가 하던 말을 멈추고 할머니를 부른다. 작은 의자에 할머니를 앉히더니 양 손바닥을 할머니 볼에 대고 이리 갸웃 저리 갸웃 매만졌다. 이만하면 됐다 싶었는지 카메라 뒤에 서서 손가락으로 렌즈를 가리키며 이렇게 외쳤다.

"어매 사진 먼저 찍십니데이. 울 어매, 얼굴 직이네, 와 이래 곱노! 테레비 짝에 전화해가 중매 서돌라 캐라. 시집가도 되겠네. 자자, 요 보고 따라 하이소, 새색시~."

할머니가 어색하게 '새색시이~' 하고 따라 하는 소리가 들렸다. 거울 앞에 서 있던 아영이가 휙 돌아보자 할머니는 진짜 새색시라도 된 사람마냥 옴죽한 입을 가리고 웃었다. 자글자글한 주름 사이로 웃음 한 오라기가 삐져나왔다. 여권이라도 만들 거야? 웬 독사진? 아영이는 뭐가 좋은지 연방 히죽거리는 할머니가 왠지 어이없게 느껴졌다.

아영이가 다시 거울을 바라보며 교복 타이를 가다듬고 흐트러진 앞머리를 손가락으로 정리했다. 인정하고 싶지 않지만 할머니랑 많이 닮긴 했다. 말라깽이인데 어깨만 떡 벌어진 이상한 몸매부터가 마음에 들지 않았다. 어깨만큼 모공도 굉장히 벌어졌는데 그 분화구들 위로 억울해 보이는 광대뼈가 고약스럽게 튀어나와 있다. 얼굴에 누가 실수로 참깨를 쏟아 놓은 것처럼 옅은 갈색 주근깨가 가득하다. 아영이 가방을 뒤져 비비크림을 꺼내 조금 남은 화장품을 손바닥에 짜냈다. 마음 같아서는 컨실러에 파운데이션까지 바르고 싶었다.

몇 년 동안 노페 다운점퍼가 휩쓸고 간 교실에는 비싼 외제 화장품이 돌고 있었다. 우해진도 화장품 구입비 명목으로 삥 뜯는 일에 열을 올리고 있었다. 진짜 부잣집 여자애들은 방학이 지나면 코도 찝고 오고 광대도 깎고 오지만 아영이는 파운데이션은커녕 싸구려 비비크림밖에 못 산다. 그것도 울고불고 할머니를 졸라 겨우 산 거라서 무척 아껴 쓰고 있었다. 싼 게 비지떡이라고 한두 시간 지나면 화장이 지워져 주근깨가 약 올리듯 도로 다 올라왔다.

비비크림을 주근깨 위에 덧바르고 있는데 사진관 현관 종이 딸랑 하더니 삼촌이 들어왔다. 아영이는 그를 보자마자 입을 다물지 못했다. 사람이 완전히 달라 보였기 때문이다. 아영이가 학교에 간 사이 염색을 했는지 20년은 젊어 보였고, 무엇보다 깨끗한 새 와이셔츠를 입고 있는 게 학교 선생님이라 해도 믿을 수 있을 정도였다. 색깔에서부터 돼지 똥 냄새가 풍길 것만 같은 티셔츠에서 희디흰 와이셔츠로, 윗 옷 하나 바꿔 입었을 뿐인데…… 역시 옷이 날개야, 아영이는 생각했다. 그런데 바보를 어찌 옷 하나로 가릴 수 있으랴.

가족사진을 찍는 내내 아영이는 짜증이 나서 죽을 뻔했다. 삼촌이 계속 카메라를 안 보고 수첩만 내려다보는 바람에 털보아저씨가 정신 사납게 왔다 갔다, 여기! 여기! 하며 돌 사진 찍는 사람처럼 소리를 꽥꽥 질러 댔다. 보나 마나 돼지 코나 동그라미 따위나 그리고 있을 게 틀림없었다. 털보아저씨는 카메라 셔터를 스무 번 넘게 눌러야 했다.

"내일 학교 끝나모 아잉이가 액자 받아 가래이. 알았제?"

"낼 놀토예요. 수업 없어요."

"맞나? 그럼 월욜에 온나."

사진을 찍고 할머니가 화장실에 간 사이 털보아저씨가 아영이에게 사진을 가지러 오라는 이야기를 했다. 삼촌은 언제 나갔는지 편의점 앞에서 가게 안을 들여다보며 서성거리고 있었다. 아영이 눈이 반짝 빛났다.

"삼초온~."

전에 없이 애교 섞인 음성으로 삼촌을 불러 주머니에서 삼천 원을 꺼내 삼촌 손에 쥐여 주었다.

"삼촌, 저기 들어가서 담배 하나만 사 와. 마일드세븐이야, 딴 건 안 돼. 마일드세븐!"

돈을 들고 삼촌이 성큼 안으로 들어가더니 잠시 후 입에 아이스크림을 물고 나왔다. 한 손에 들고 있던 아이스크림 하나는 막 껍질이 벗겨지고 있는 찰나였다. 아까부터 삼촌이 가게 안을 들여다보고 있던 까닭을 단박에 알 수 있었다. 하얀 와이셔츠에 혹했던 아영이의 기대가 여지없이 무너졌다. 말 못 하는 바보에게 담배 심부름을 시킨 것부터 잘못된 계산이었다는 걸 뒤늦게 후회했지만 이미 늦었다.

"아이씨, 누가 이거 사 오래? 삼촌 땜에 용돈만 다 날아갔잖아."

거의 울먹이듯 말하자 삼촌이 아영이 입에 아이스크림을 갖다 대 주었다.

"누가 이딴 거 먹고 싶대? 저리 치워!"

아이스크림콘이 땅에 고개를 처박히고 박살이 났다. 삼촌이 그걸 또 주우려는 걸, 아이씨 드러, 하며 아영이가 신경질을 부렸다. 삼촌이 주머니를 뒤지더니 오천 원짜리 한 장을 아영이에게 건네주었다. 아이스크림 사 먹으라는 뜻 같았다. 그러거나 말거나 지폐를 낚아챈 아영이가 학교 쪽으로 뛰기 시작했다. 뒤도 돌아보지 않았다.

다행히도 학교 앞에 여전히 뚜러뺑이 서 있었다. 그에게 오천 원을 주자 마일드세븐 한 갑이 아영이 손에 쥐여졌다.

"삼백 원 남잖아요. 거스름돈 왜 안 줘요?"

뚜러뻥은 어이없다는 듯 피식 웃더니 동전 세 개를 바닥에 던지고는 어딘가로 걷기 시작했다. 씨발, 잉여새끼……, 동전을 줍는데 욕이 절로 나왔다. 그래도 하늘이 도와 담배를 살 수 있게 돼 다행이라는 생각이 들었다.

담배를 받아 든 우해진에게서 고맙다는 소리는 끝내 듣지 못했다.

방과 후, 슬그머니 아영이의 책상 앞으로 우해진이 다가왔다.

"가자!"

거두절미한 말 한 마디에 아영이의 가슴이 콩닥콩닥 뛰기 시작했다. 말로만 듣던 가출 팸을 직접 가 보게 되다니, 잘하면 드디어 인생에 꽃이 피겠구나 싶었다.

우해진을 따라간 곳은 오래된 반지하 연립주택이었다. 현관문을 열자 아영이를 맞이하는 대대적인 환영 인파 따위는 당연히 없었지만 자욱한 담배 연기를 뚫고 라면 끓이는 냄새가 구미를 당겼다. 뒤죽박죽 섞인 신발들이 몇 켤레인지 가늠할 수 없었다. 와글와글 바글바글, 간헐적으로 터지는 웃음소리…… 아영이 가슴이 더욱 세차게 벌렁거렸다.

"엽떡 좀 매워. 가파 가는 길에 있는 국대 꺼 같다, 씨바."

"인피니트 개존잘 아님?"

"누구? 엘? 호야?"

"성종, 육팩 개쩔어."

"가? 그딴 건 헬스 쫌만 쉬면 금방 녹아."

말하자면 이런 이야기들이다. 이 엽기 떡볶이 누가 만들었니? 맛있게 맵네? 아이돌 그룹 인피니트 멤버들 정말 잘생기지 않았니? 멤버들 중 누구? 엘 아니면 호야? 아니, 난 성종이 더 마음에 들어, 그 멤버는 식스팩이 참 매력적이야. 아, 그 멤버 나도 알아. 근데 헬스로 키운 근육은 운동 관두면 금세 없어진다던데⋯⋯.

아영이는 벙어리 삼촌과 잔소리쟁이 할머니의 그것과는 사뭇 다른, 진정한 대화가 이루어지는 바람직한 식사라고 느끼며 라면 냄비에 젓가락을 꽂았다. 저기 앉은 키 큰 오빠가 만든 떡볶이도 예술이었다. 정말 맛있게 매웠다. 말이 통하고 마음이 통하고⋯⋯ 이런 게 사람 사는 집이라는 생각이 들었다.

라면, 떡볶이 그릇이 치워진 자리에 술판이 벌어졌다. 아르바이트를 간다며 키 큰 오빠가 일어섰다. 오빠가 나가는 걸 아영이가 아쉽게 바라보았다. 그러나 이내 또 다른 키 큰 오빠가 귀가했다. 주거니 받거니 권커니 잣커니, 아주 유쾌했다. 초능력 하나 가지곤 노후 대비가 힘들다며 피스타치

오 재배에 열을 올리고 있다는 어떤 연예인 이야기, 겨드랑이 땀 빨리 말리는 비결, 칼을 들고 군무를 출 때 각을 잡는 방법 등등 화제가 무궁무진했다. 이야기 사이사이 할머니로부터 몇 통의 전화가 왔다. 받지 않았다.

나이 대도 적당히 섞여 있고 남녀 방도 따로 있는 듯했다. 어떤 팸은 가스나 본드를 하는 애들도 마구 섞여 있고 원조교제도 시킨다는데 아영이가 보기에 그 어떤 팸보다 건전한 집처럼 보였다. 그냥 이대로 가출해 버려도 좋을 것 같았다.

할머니가 또다시 전화를 걸어왔다. 주방 쪽으로 가서 작은 소리로 통화를 했다.

"내일 학교 안 가는 날이라고 했잖아. 친구네 집에서 시험공부하다 갈게."

누가 듣더라도 뻔히 알 만한 거짓말이었다. 시간이 어떻게 흐르는지 알 수 없을 정도로 정신없이 웃었다. 생전 처음으로 소주도 두 잔이나 마셨다. 세상이 빙글빙글 돌면서 구역질이 났지만 행복했다. 밤이 깊어 가고 있었다.

누군가 귀가했는지 갑자기 실내 공기가 바뀌었다. 아영이가 취기 어린 눈을 들어 현관을 바라보자 거기 아주 낯익은 인물 하나가 막 삼선슬리퍼 한 짝을 벗어 던지고 있었다.

뚜러뺑이었다.

아영이를 발견한 뚜러뺑의 표정이 급속하게 굳었다. 그러더니 우해진을 향해 남포동 피자 배달 속도로 이런 대사를 날리는 것이었다.

"저년이 와 여깄노? 저년이 니가 말한 돼지 년이가? 그년 호구라 안 했나? 씨발 먼 호구가, 언제부터 우리가 카드 한 장 없는 호구 키왔드노? 봐라, 봐라, 생긴 거 좀 봐. 존나 재수 없으니까 꺼지라 캐!"

주먹이라도 휘두를 것만 같은 뚜러뺑의 기세는 몹시 살벌했다. 우해진이 나설 것도 없이 놀란 아영이가 제 발로 벌떡 일어섰다. 가방을 메고 운동화를 신다 말고 우해진에게 집에 가게 차비 좀 빌려 달라고 했지만 비웃음만 샀을 뿐 거절당했다.

계단을 올라 건물 바깥으로 나오는데 들어올 때 뛰던 것과는 비교할 수 없을 만큼 심장이 어마어마하게 벌렁거렸다. 왈칵 눈물이 쏟아질 것 같았다.

비가 오고 있었다.

차비가 없어 하릴없이 비를 맞으며 걷고 있는데 누군가 아영이를 불러 세웠다. 털보아저씨였다. 모르는 사이 사진관까지 걸었던 모양이다.

"우리 아잉이~ 이제 가나? 공부 열심히 핸 모냥이제? 봐라, 일로 들어와 봐라. 사진 다 됐다."

털보아저씨가 수건과 아이스크림을 아영이에게 건네주
었다.

"쪼매만 기다리라. 아이스크림이나 항 개 묵고 가라. 가쓰
나, 니 근데 술 쫌 하는 모양이네? 허허허……."

털보아저씨가 작업실로 들어가더니 부직포 가방과 액자
두 개를 들고 나왔다. 밖에는 비가 쏟아지고, 익스트림 라지
사이즈 얼굴에서는 피자 치즈처럼 진해 보이는 땀이 흘러내
리고 있었다. 가방에 액자를 넣으려다 말고 할머니 사진을
아영이에게 슬며시 보여 주었다. 할머니 사진은 영정사진이
라고 했다. 아영이는 할 말을 잃고 말았다.

"느그 할매, 누가 머라 캐도 참 고생 마이 하신 양반이데
이. 느그 삼촌 빵에 드갔을 때, 맞다, 먼 도둑질을 했드노, 살
인을 했드노. 겡상도가 알아주던 수재에, 고마 법 없이 살
든 사람 아이가."

아이스크림을 핥으며 아영이가 털보아저씨에게 물었다.

"아저씨, 근데 우리 삼촌 진짜 맨날 일등만 했어요?"

"니, 진짜 모리나? 서울대도 갈 성적이었다 카든데 4년 장
학생 되니라고 부산대 법대 안 드갔나 와. 데모 했닥꼬 그
래 끌려갔잖아. 느그 할매가 말이다, 범어사 가셔가 입시 때
도 안 디린 치성을…… 묵도 안코 자도 안코…… 우짜고 처
절하등가, 사람 잡겄네 싶더라 카대. 울 어매도 범어사 댕기

가 어매한테 들었제. 암튼 그 덕분인지 생사도 알 수 없던 삼촌이 오기는 왔는데 이것들이 월매나 때렸는지, 말도 아잉기라. 니, 삼촌캉 할매캉 잘해 드려야 된데이. 느그 할매가 영정사진 찍어 돌라 카시면서 이래 말씀하시드라. 살살 준비해 놔야 안 되겄노, 카시는데 아재야가 막 눈물 나가 혼났다."

털보아저씨가 보여 준 가족사진 한쪽에는 삼촌이 다리를 다소곳하게 오므리고 앉아 있었다. 아무리 그래도 그렇지, 부산대 4년 장학생이던 사람이 바보가 됐다는 건 쉽게 믿어지지 않는 이야기였다. 아영이의 얼굴에서 의심을 읽었는지 털보 아저씨가 이렇게 말했다.

"내는 안다. 아재가 이래 봬도 포토그래퍼 아이가. 느그 삼춘 눈빛을 봐바래이. 이기 어델 봐서 바보 눈이고? 빙시인 체하는 거라모 몰라도! 사람 눈 안 맞추는 것맹키로 렌즈도 부러 안 보는 기라. 카메라 뒤에 있는 사람을 무스바하고 있는 기라. 들키모 또 잽히까 싶어가 빙시인 체하는 기라, 내는 확실히 안다."

털보아저씨가 손가락으로 가리킨 가족사진 속 삼촌은 손에 펜을 쥔 채, 알 수 없는 곳을 바라보고 있었다. 왼쪽으로 고개를 꼬고 있으나 어쩐지 겁에 질린 것도 같고 화가 난 것도 같은 눈빛을 하고. 펜을 쥔 손은 수첩 위에 서 있는데 딱히 수첩을 본다고도 카메라를 본다고도 할 수 없는 표정이었다. 듣고 보니 삼촌의 눈은 굉장히 똑똑해 보이는 듯했다. 정말 바보가 된 건지 아니면 털보아저씨 말처럼 또 끌려가게 될까 봐 바보 행세를 하면서 사람들과 눈을 마주치지 않는 건지 알 수 없었다. 오래 함께 살아온 사람이 이전에 알던 사람과 전혀 다른 사람일지도 모른다고 생각하자 아영이는 혼란스러웠다.

"니, 이거 함 볼래?"

털보아저씨가 아영이 소매를 끌고 컴퓨터 앞으로 데려가서 무슨 사이트를 검색하자 동영상이 나왔다. 부산은 부산인데 아주 옛날 부산인 듯했다. 아저씨가 마우스를 움직여 동영상을 클릭하니 어떤 음성이 들렸다. 굵은 뿔테를 쓴 늙은 남자가 울먹거리며 말을 하고 있었다.

중앙정보부 남산분실 계단을 내려가는데 악~ 악~ 소리가 들렸어요. 거기서 발가벗겨진 채 일주일 동안 벽만 바라보며 그 비명 소리를 들었습니다. 아직도 그 소리가 귓가를 맴돌아요. 평생 동안 이 환청에 시달리고 있습니다. 풀려나기까지 9개월 걸렸지만 경찰의 감시와 미행이 끈질기게 따라붙었어요. 개가 사람으로 보이고, 사람이 개로 보이기도 했습니다. 저는 원래 시인이 꿈이었어요. 대학 다닐 때 150편쯤 썼는데 정신과 약을 하도 많이 먹어서 이젠 기억도 안 납니다. 땅이 꺼지는 착시 때문에 제대로 걸을 수도 없어요.

거기 잡혀간 그날부터 제 삶도 휘청거리기 시작했습니다.

동영상 속 울먹이는 남자의 이야기기 도통 무슨 얘기인지 알 수 없어서 아영이는 어지러웠다. 스페이스 바를 눌러 동영상을 정지시켰다.

"그래도 이 사람이 우리 삼촌은 아니잖아…… . 그만 볼래요, 재미없어요."

아영이가 자신 없는 목소리로 말했다. 털보아저씨는 삼촌도 동영상 속 남자처럼 끔찍한 고문을 당하고 온 거라는 이야기를 들려주었다. 그는 부직포 가방에 빨간 끈을 튼튼하게 묶으면서 특유의 수다를 이어 갔다.

"이자뿔지도 않는데이. 1979년 아니었나. 그때 내는 고딩 때였는데 남포동 빵집에서 미팅 건수가 있었능기라. 와와 사람들이 고마 파도맹키로 넘실대대. 유신 철폐! 독재 타도! 카는데 당근 먼 말인지 몰랐제. 근데 군인들이 확 쌔리뽀사뿔 기세로 사람들을 조지기 시작하는기라. 전쟁이 따로 없드라. 내도 갠시리 몇 대 맞고 삐끗하면 죽겠다 싶어가 집으로 도망치 뿟다. 그날 느그 삼촌도 잡혀 안 갔나. 순한 사람들 마이 잡히갔데이. 근데 다음 날 신문을 따악 보이께네, 불량배들과 불순분자들의 난동 진압, 딱 요래 나오데. 암만 생각해 봐도 요상타 싶은기라."

털보아저씨가 가족사진이 든 부직포 가방을 아영이에게 안기고는 쪽지에 뭔가를 적었다. 사진 가격인가 싶어 받아 든 쪽지에는 '부마항쟁'이라고 씌어 있었다. 아저씨는 집에 가서 검색해 보라고 했다.

까똑까똑까똑…… 느닷없는 카톡 알림음이 엄청나게 쇄도했다. 우해진이 같은 반 친구들을 전부 초대해서 채팅방을 열어 둔 것이었다. '돼지 년 졸라 발리고 갔어. ㅋㅋㅋ 진짜? 집에서 돼지 똥냄새 안 남? ㅋㅋ.' 부마인지 도마인지 아영이는 모든 게 다 싫다는 생각밖에 들지 않았다.

"아저씨, 저 집에 가게 택시비 좀 꿔 주세요."

아영이가 집에 도착했을 때는 자정이 가까워 있었다. 삼촌이랑 할머니는 저녁을 먹지도 않고 기다리고 있었다. 그저 자고 싶은 생각뿐이었으나 어쩐지 그냥 잘 수가 없었다. 부직포 가방을 할머니에게 내밀자 옴죽한 입이 함빡 웃음으로 부풀었다. 흘긋대며 삼촌을 바라봐도 여전한 무표정에 말이 없었다.

늦은 밥상을 가운데 두고서는 할머니도 말이 줄어들었다. 달각달각 수저 부딪치는 소리와 지붕에 빗방울 떨어지는 소리, 그리고 텔레비전만 떠들고 있었다. 텔레비전 옆에 세워 둔 영정사진 속에서 자글자글하고 옴죽한 할머니 입이 수줍은 새색시처럼 어색하게 웃고 있었다.

뉴스에서는 우리나라 최초의 여자 대통령이 여름휴가를 갔다는 내용이 이어졌다. 롱드레스를 입고 우아하게 허리를 굽힌 채 백사장에 무언가 그리는 화면이 나왔다. 채널을 돌리자 '대통령의 휴가 스타일 전격 비교' 프로그램이 나왔다. 다른 프로그램인데 화면이 같았다. 대통령의 고상한 손에 가느다란 나뭇가지가 들려 있었다. 어떤 대학 교수님이 점잖은 말투로 휴가지에서 대통령이 술을 몇 잔이나 마시는지에 대해 이야기하고 있었다.

"아버지인 박정희 대통령 회고가 테마라는 지적도 나오고 있는데요. 사실 현재 정치권 상황이 녹록지 않습니다. 국정원의 대선개입 시비, NLL 대화록 공방과 안보의 정치화 문제, 야당의 장외 공세와 촛불 집회 등 임기 초반의 대통령으로서는 무시할 수 없는 사건들이 많습니다. 박근혜 대통령은 휴가지에서 어떤 고민을 하고 계실까요?"

삼촌이 갑자기 몸서리를 치기 시작했다. 화면 속 대통령을 바라보는 삼촌의 눈빛이 무섭게 으르렁거리는 것을 아영이는 놓치지 않았다. 삼촌이 금방 발작이라도 할 것처럼 계속 부들부들 떨어 대는데도 할머니는 웬일인지 수선을 피우지 않았다. 짐짓 딴전을 피며 생뚱맞은 소리를 한다.

"한새야, 아가~ 여름이라 캐도 저녁답엔 으슬으슬하제? 우덜 집이 피서지겠제? 맞제?"

아가~ 하는 다정한 음성에 반응이라도 하듯 부들거리던 삼촌의 몸이 안정을 찾았다. 이어 삼촌이 또다시 수첩을 꺼내 무언가를 적기 시작했다. 할머니는 뉴스를 보는지 영정 사진을 보는지 알 수 없지만 눈가가 그렁그렁하다.

굽은 허리로 저녁 밥상을 들고 할머니가 주방으로 나가고 삼촌도 돼지들 잠자리를 보러 갔는지 똥을 누러 갔는지 나가고 없었다. 생전 삼촌한테 관심 없던 아영이가 삼촌 수첩을 살며시 열어 보았다.

억눌린 우리 역사

터져 나온 분노

매운 열기 칼바람에도

함성 소리 드높았던

동트는 새벽별

시월이 오면

핏빛 선 가슴마다

살아오는 십일육

동지여 전진하자

깨치고 나가자

뜨거운 가슴으로

빛나는 내일로*

전혀 의미를 알 수 없는 내용이었지만 평소 삼촌이 그리던 동그라미나 돼지 코가 아닌 멀쩡한 글씨에 아영이는 깜짝 놀라고 말았다. 필체가 좋아 보였다.

우해진네 팸에 잠시 살다 와서 그런지 엄마도 없고 아빠도 없이 할머니와 돼지 아빠 소리 듣는 바보 삼촌이랑 사는 집이 굉장히 화목하고 따뜻하게 느껴진다. 그 옛날 대학생 때 삼촌과 뚜러뺑은 비슷한 나이였을 것이다. 잘은 모르지만 삼촌은 사람들이 다 같이 잘살 수 있는 세상을 바랐던 게 아닐까. 삼촌 딸이라고 오해받는 게 싫고 이 집이 지긋지긋해서 삼촌이 죽어 버렸으면 하고 바랐는데 오늘부터 뭔가 달라질 것만 같다. 친구들이 놀리는 '돼지 년' 소리도 더 이상은 아영이의 화를 돋우지 못할 것만 같다.

아영이는 컴퓨터 앞으로 가서 포털 사이트를 열고 타이핑을 시작했다. 검색창에 '부마항쟁'을 써넣자 쟁이라는 글자가 어서어서, 재촉하듯 깜빡거렸다. 아영이가 천천히 엔터 버튼을 눌렀다.

---

*삼촌이 수첩에 써 넣은 글귀는 부산대 학생들이 1989년 교내에 세운 '10·16부마민중항쟁탑'에 새긴 문장임을 밝힙니다.

부마항쟁, 빛나는 내일로 한 걸음

1979년 10월 15일 부산대학교 교정은 중간고사를 꼭 일주일 남겨 놓은 월요일을 맞고 있었어. 쾌청한 가을 날씨에 도서관은 시험 준비를 하는 학생들로 붐볐지. 대운동장 스탠드에선 많은 학생들이 정규 과목 대신 학군단 정기 사열을 참관하고 있었고.

10시쯤 되자 조용하던 교정이 갑자기 술렁거리기 시작했어. 등사판 유인물이 교내 곳곳에 뿌려졌기 때문이야. '민주선언문' 같은 제목의 글이었어. 그때 뿌려진 문건들 중 하나는 내가 쓴 거야.

이 글을 읽는 너희들은 아마 우리 아영이처럼 '부마민주항쟁'이라는 말을 처음 들어 봤을 거야. 나는 그때 부산대 법대생이었어. 우리 형, 그러니까 아영이네 아빠는 서울에서 대학을 다니고 있었는데 유신헌법과 계엄령으로 학교가 문을 닫는 바람에 집에 내려와 있을 때가 많았어. 그때 형이 가지고 온 책들을 나누어 읽으며 많은 고민을 했어.

1961년 5·16군사쿠데타를 일으킨 박정희는 "혼란하고 낙후한 조국을 구제하겠다"고 했지만 실상은 그렇지 않았어. 1970년대 초 박정희는 자신의 권력을 대대손손 이어 나갈 모종의 음모를 꾸몄어. 국가

개혁을 계속 추진해야 한다면서 장기 집권 수순에 들어간 거야. 그 토대로 만든 법이 이른바 '유신(維新, 개혁을 의미)헌법'이고 '비상조치 계엄령'이야. 한마디로 국가를 일개 군대처럼 이끌기로 결심한 거지. 독재자가 되기로 마음먹은 거야. 이때부터 한국의 민주주의는 시름시름 앓기 시작해.

1979년 5월, 신민당 총재로 복귀한 김영삼이 박정희의 사임을 요구하고 9월에는 정권타도 투쟁선언을 공식 발표했어. 김영삼 총재가 강경하게 대정부 투쟁을 펼쳐 나가니까 화가 난 유신정부는 김영삼의 총재직과 의원직을 박탈해 버리고 집에 감금시켜.

이 일이 알려지면서 유신에 반대하는 시위가 대대적으로 벌어졌지. 그때 전국의 학생과 노동자, 시민 들이 외쳤던 구호가 바로 "유신 철폐! 독재 타도!"야.

부산광역시와 경상남도 마산시에서도 유신 체제에 대항한 데모가 시작됐어. 1979년 10월 16일부터 부산대 학생들을 선두로, 18일과 19일에는 창원 지역으로 민주화 시위가 확산됐지. 부산에서는 고등학생부터 일반 시민에 이르기까지 수많은 사람들이 시내로 몰려나왔어. 이 사건이 '부마항쟁'이란다.

많은 사람들이 잡혀갔는데 나도 그중 하나였어. 말할 수 없이 참혹한 고문을 당했지. 기억상실증이라는 병 들어 봤지? 그 병에 걸린 사람이 부러울 정도였어. 감옥에서 나와 보니 형까지 잡혀가고 없더라고. 사진관 털보 녀석 말처럼 어머니가 정말 고생 많이 하셨어. 아영이가 어떻게 태어나고 왜 할머니 손에 크게 됐는지까지는 너무 길어서 다음에 이야기해야겠다. 고문 후유증 때문에 생각을 길게 하면 끔찍한 두통이 찾아오거든.

왜 팔지도 않을 돼지들을 그렇게 키우느냐고? 언젠가 돼지 도살장에 간 적이 있는데 입구에서 피비린내를 맡고 고문실 장면이 떠오르면서 심하게 발작을 했어. 돼지, 참 예쁘잖아. 그런 애들을 어떻게 잡아먹니? 농담이야. 팔아야지, 할 수 없이. 살아야 되니까…….

아영이 친구들아, 공부하느라 스트레스 심하지? 우리가 공부를 하는 이유는 다 함께 잘사는 세상, 빛나는 내일로 한 걸음 나가기 위한 준비라고 생각해. 공부 그 자체도 중요하지만 사람을 사랑하는 마음을 가지길 바라. 친구들이 괴롭혀서 아영이가 많이 힘들어 해. 서로 사이좋게 위해 주면서 지냈으면 한다. 안녕.

-돼지 아빠가.

● 신혜진

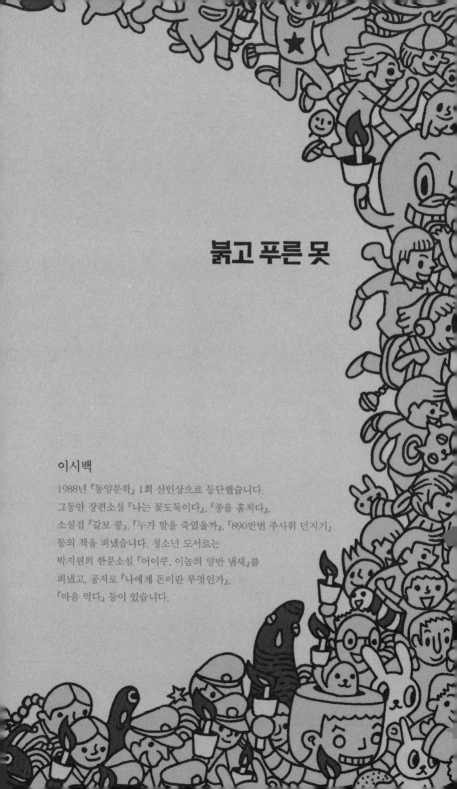

붉고 푸른 못

이시백

1988년 『동양문학』 1회 신인상으로 등단했습니다.
그동안 장편소설 『나는 꽃도둑이다』, 『종을 훔치다』,
소설집 『갈보 콩』, 『누가 말을 죽였을까』, 『890만번 주사위 던지기』
등의 책을 펴냈습니다. 청소년 도서로는
박지원의 한문소설 『어이쿠, 이놈의 양반 냄새』를
펴냈고, 공저로 『나에게 돈이란 무엇인가』,
『마음 먹다』 등이 있습니다.

"하나님두 뻥쟁이여."

시퍼렇게 멍이 든 한쪽 눈언저리를 연신 손등으로 비비며, 재갑은 방금 지나온 신망애교회 쪽을 째려보았다. 하도 답답하여 학교에 나온 자원 상담 아주머니를 찾아가 하소연을 했더니, 대뜸 교회에 나오라 했다. 하나님은 못하는 게 없으며, 기도를 하면 산도 옮겨 주신다고 했다. 재갑은 시간이 날 때마다 교회에 가서 하나님에게 빌었다.

하나님, 제발 용진이 색긔 줌 워뜨케 해 줘유. 교통사고가 나서 다리가 댕강 부러지든지, 전학이라두 가게 해 줘유. 그 색긔가 착하게 해 달라는 말은 아예 허지두 않을 테니께유.

열흘이 넘게 기도를 했건만 산을 옮기기는커녕 눈덩이에 시퍼러니 멍만 들게 되었다.

벌써 날은 어두워지고, 점심마저 거른 속은 고프다 못해 쓰리다. 엎어지면 코가 닿을 거리에 놓인 집을 재갑은 벌써 서너 번이나 맴돌고 있다. 무얼 튀기고 삶는지 대문 밖으로 고소한 냄새가 새어 나온다. 꼬르륵. 배 속에서 도랑물 흘러가는 소리가 난다. 조심스레 대문을 밀치려던 재갑은 안에서 들려오는 아버지 백종현 씨의 목소리에 놀라 어둑한 골목으로 급히 몸을 숨겼다.

"애는 어서 뭘 한다구 안즉두 집에 안 들어온대?"

오늘까지 파카를 찾아오라던 아버지의 다짐이 생각나 재갑은 후줄근한 잠바 속으로 목을 움츠렸다.

"울 아부지헌티 혼난단 말여."

"워째 니네 집안 문제럴 나헌티 허느냔 말여?"

미국에 사는 고모가 보내 준 거위털 파카를 용진이가 입고 다니던 홑잠바와 바꿔 입은 것이 벌써 한 달이 넘었다. 친구와 잠깐 바꿔 입었다고 둘러쳤지만 겨울이 다 지나도록 꾀죄죄한 홑잠바를 걸치고 다니는 재갑을 보다 못한 아버지가 무슨 일이 있어도 오늘 중으로 찾아오라고 다짐을 했던 것이다. 재갑은 무엇보다 울룩불룩한 아버지의 팔뚝이 무서웠다. '진짜 사나이'라는 문신이 새겨진 아버지의 팔뚝은 아령처럼 단단했다. 아버지가 여간해서는 매를 들지 않지만 한번 화가 나면 정신이 쏙 빠지도록 무섭다는 걸 알고 있는 재갑은 오늘은 기필코 파카를 찾아가리라 어금니를 질끈 물었다.

"이 색긔 완전 돼지표 본드네. 지집애두 아닌 것이 뭘 워쩌라구 징징거리구 쫓아댕긴대?"

화장실까지 쫓아가 파카를 돌려 달라던 재갑은 기어코 용진의 주먹에 눈이 시퍼렇게 멍이 들고 말았다. 범 없는 굴에 토끼가 선생 노릇을 한다더니, 초등학교 때부터 눈만 마주치면 괴롭히던 승만이가 남의 오토바이를 훔쳐 타다 들켜서 다른 학교로 쫓겨 가자, '남바 투' 용진이가 그 자리를 차지했다. 구관이 명관이라고 이따금 피시방 게임비나 빵값을 뜯어 가기는 했지만, 친구들에게 주먹질은 않던 승만에 비해 용진은 툭하면 발길질에 주먹질이었다. 차라리 전학 간 승만이를 다시 데려오자는 소리가 나올 정도였다.

내일까지 해야 할 국어 수행평가 과제가 생각나 재갑은 더 이상 골목을 서성거릴 수가 없었다. 시를 외어 가지 못했다가는 방과 후에 남아 시집 한 권을 죄 베껴 써야 했다.

저녁상 앞에 앉아 있던 아버지는 비슥거리며 들어서는 재갑을 쳐다보다가 버럭 소리부터 질렀다.

"오늘두 못 찾어온 겨?"

서둘러 제 방으로 들어가려던 재갑은 기어코 멍든 얼굴을 부모에게 내어 보여야 했다.

"자알 헌다. 멀쩡헌 옷을 벳겨 주더니 인제는 눈탱이까정 내돌리구 댕기는 겨?"

아버지는 대뜸 아령 같은 팔뚝을 걷어붙이고 허공에 내젓는다.

"반토막 싸래기밥을 해 먹인 것도 아니구, 삼시 세끼 아끼바리 이팝으루만 멕여 길렀는디 워디가 모잘라 을어터지구나 댕긴다냐?"

곁에서 지켜보던 엄마가 한마디 거들고 나선다.

"멀쩡한 돈 남헌티 뜯기기나 허는 어미헌티 난 자슥이 워디 가것냐."

이태 전에 계주였던 쏭대관노래방 여주인이 야반도주하는 바람에 두 몫이나 들었던 곗돈을 고스란히 떼인 걸 느닷없이 끌어다 붙이는 아버지를 재갑의 엄마가 눈을 홉뜨며 노려본다.

"애럴 혼자 만들었나 부네."

"물으나 마나 뻔헌 일이겠지만, 이번에두 용진이 작품여?"

재갑이 고개를 끄덕이기도 전에 아버지 백 씨는 한숨부터 길게 내쉰다. 읍내에서 애건 어른이건 용진이를 모를 사람이 없었다. 서울에서 당구장을 하다가 들어먹고 그 부모가 순서대로 자취를 감추는 바람에 용진이는 걸음마를 뗄 무렵부터 여기 할머니 손에 자랐다. 타고난 성품이 개구진데다가 눈치 없이 덩치만 큰 용진이는 어려서부터 크고 작은 말썽으로 동네에 소문이 났다. 흘레붙는 개에게 뜨거운 물 끼얹고, 설빔 입은 아이에게 구정물 끼얹고, 남의 참외밭에서 공차고, 장화 속에 밤송이 넣어 두고, 간장독에 오줌 싸고…….

학교에 들어가서는 제 친구들에게 툭하면 주먹질로 코피를 터뜨리더니, 머리가 굵어지면서는 애들 주머니까지 털어 대는 모양이었다.

백 씨는 얼마 전에 용진이 재갑의 거위털 파카를 걸치고 돌아다니는 걸 보고 붙들어 물었다.

"긔 건대유."

천연덕스럽게 제 옷이라고 잡아떼는 바람에 백 씨는 달리 더 추궁할 말이 없었다. 집에 돌아와 아이를 다그치니 용진이 며칠만 바꿔 입자고 했다는 것이다. 당장 달려가 옷을 벗겨 오고 싶었지만, 아이들 일에 끼어들기가 싫어서 아이에게 옷을 찾아오라고만 다짐을 받아 두었던 것이다. 그러나 곧 찾아오겠다던 옷은 이런저런 이유로 차일피일 미루더니 겨울을 넘기고 말았다.

하나밖에 없는 아들 재갑은 온실 속의 화초처럼 매가리가 없고, 얼뜨기만 했다. 제 어미는 아직도 아이를 치마폭으로 싸고돌지만 백 씨는 재갑을 박달나무처럼 단단하게 기르고 싶었다. 이번 일도 마음 같아서는 당장 학교에 쫓아가 한바탕 들었다 놓고 싶었지만, 아이 일에 역성을 들고 나서다 보면 아이를 바보로 만들기 십상이었다. 미국에서도 돈푼깨나 들여 사 보낸 파카를 며칠 입어 보지도 못한 채 빼앗긴 자식을 생각하면 분통이 터졌지만, 제가 당한 일이니 제 손으로 해결하라고 여태껏 지켜보고만 있던 것이다. 그런데 눈두덩까지 시퍼렇게 멍이 들어 온 아이를 마주하자니 백 씨는 참고 있던 울화가 한꺼번에 치밀어 견딜 수가 없었다.

"너는 손이 읎냐, 발모가지가 비뚤어졌냐? 워째 멀쩡한 밥 먹구 댕기면서 은어터지구 댕기냐 말여?"

"갸가 일진짱이유."

"일진짱?"

"원래는 남바 투였는디요, 승만이가 딴 핵교루 트레이두 되는 바람에."

"그러는 넌 남바가 몇여? 꼬래비여?"

"꼬래비는 증식이유."

정식이라는 말에 백 씨는 걸을 때마다 한쪽 어깨가 펌프 대가리처럼 기우듬하니 오르내리며 다리를 절던 자전거포 둘째 아들을 떠올리곤 기가 막혀 한숨만 포옥 내쉬었다. 공부라면 몰라도 주먹으로는 누구한테 꿀려 본 적이 없던 백 씨였다. 걷어 올린 팔소매 밑으로 시퍼렇게 새겨진 '진짜 사나이'라는 문신이 불끈거렸다.

"열 대럴 때리믄 한 대는 갚어 줘야 힐 거 아녀."

"한 대 갚으려다 백 대 맞는 수가 있슈."

이왕 열린 입으로 아이가 털어놓은 이야기는 가관이 아닐 수 없었다.

한창나이에 사내들이 뒤섞여 지내다 보면 주먹질도 오가고, 선생들 눈을 피해 크고 작은 말썽도 부릴 것임은 백 씨 자신이 모르는 바가 아니었다. 그러나 아이가 들려준 이야기대로라면 이건 학교가 아니라 조폭들의 소굴이나 다름없었다. 손바닥만 한 읍내의 몇 안 되는 아파트들도 레벨이 있어서, 주공은 주공끼리, 민영은 민영끼리 논다더니, 학교에서도 등급을 나눠 지낸다니 기가 막힐 노릇이었다.

"일진짱이 용진이구유, 나머지 여섯이 호위 무사여유."

"호위 무사?"

"왜, 있잖아유, 드라마 〈주몽〉에서 나오던 왕 지키는 보디가드유."

"그려, 용진이가 왕이래두 된다냐?"

"왕보담 더혀유."

과목마다 숙제를 하나씩 맡아서 챙기는 아이들이 정해져 있고, 생일에는 반 아이들이 한 가지씩 조공을 바쳐야 한다는 것이다. 무슨 조선 시대 봉물도 아니고, 조공이라니? 백 씨는 기가 막혀 헛웃음만 나왔다.

나가 죽으라는 말이 튀어나오려는 걸 간신히 되삼키고는 백 씨는 서둘러 대청마루에 나와 앉았다. 더는 울화가 치밀어 참을 수가 없었다. 시원한 맥주라도 한 잔 들이켜야 속이 가라앉을 성싶었다. 도날드닭 호프집에 나가려던 백 씨는 툇마루 밑에 쭈그리고 앉은 바둑이가 구두를 질겅거리며 씹는 걸 보고 버럭 소리를 질렀다. 움찔 놀라 꼬리를 가랑이로 숨기면서도 바둑이는 입에 문 구두를 내려놓지 않았다. 침을 잔뜩 발라 놓은 구두에는 여기저기 이빨 자국이 존존히 박혀 있었다. 기둥에 걸려 있던 구둣주걱을 집어 들고 오지게 한 대 후려갈기고서야 바둑이는 죽는 소리를 내며 마루 밑으로 기어 들어가 버린다.

"말로 안 되는 것들은 몽둥이가 약이여."

도날드닭 호프집에 앉아 미지근한 생맥주를 들이켜던 백 씨는 입속말로 이리 중얼거렸다. 한창 닭을 튀기느라 여념이 없던 호프집 주인 장 씨가 한숨 돌렸는지 슬며시 옆자리에 끼어 앉는다.

"날 다 저물어 가는디 뭔 몽둥이?"

착살맞게 제 장사이면서도 손님상 안주들을 축내는 게 취미인 장 씨가 묻지도 않고 하나 남은 닭다리를 집어 든다.

"몽둥이건 닭다리건 내려놓구 말혀."

"원, 내 다리가 니 다리지."

뻔뻔스럽기는 쇠가죽 같은 장 씨와 더 다퉈 봐야 정신 건

강에 해로울 뿐이다. 이왕 뜯기는 안주야 어쩔 수 없으니 하소연이나 털어놓기로 한다.

"애 하나 있는 게 애물단지여."

"흥, 애물이믄 다행이지, 우리 집 것은 괴물여."

호프집 금고를 탈탈 털어서 집을 나갔다가 서울에서 붙들려 왔다는 장 씨 아들 이야기는 읍내에서 모르는 사람이 없었다.

"워째 그 집 것두 집 나갔어?"

"그럴 깜냥이랴두 되믄?"

백 씨는 맥없이 제 옷을 벗겨 주고 거지 발싸개 같은 홑옷을 겨우내 걸치고 다닌 재갑의 이야기를 단숨에 털어놓았다.

"구데기 한 마리가 장을 베리구, 미꾸라지 한 마리가 물을 흐린다잖여."

장 씨는 제 자식이 집을 나간 것도 용진이 패들이 어르고 꾀어낸 탓이라고 했다. 날마다 피시방 비를 갖다 바쳐야 하던 아이가 금고에 손을 대고, 그게 드러날까 봐 집을 나가서 바깥으로 돌아다녔다는 것이다.

"조폭이 따루 읎대니께. 애덜을 삼밭골 묘지루 끌구 가선 격투기럴 시키구, 랭킹을 멕여서 같은 학년덜끼리두 절을 올리게 헌대잖여."

"절을 올려?"

백 씨는 재갑이 하던 '남바 투'라던 말이 번쩍 머리를 스쳤다. 그리고 제 밑으로는 다리 저는 정식이밖에 없다던 말도……

"그려, 그 집 아이는 랭킹이 워뜨케 된댜?"

"중간쯤은 헌다지?"

백 씨는 평소에도 눈을 바로 뜨지 못하던 재갑이 생각나 가슴에서 후끈 더운 것이 치밀어 올랐다.

"싹수 읊는 것들은 일찌감치 정신이 버쩍 들게 싸그리 잡아다가 혼찌검을 내야 혀."

"혼찌검을 낸다고 정신 채리겠어?"

"몽둥이 앞에 용빼는 재주가 있간?"

"애덜은 엇나가는 수가 있어."

"불거져 나온 못대가리는 망치가 약이래잖여."

고개를 끄덕이면서도 백 씨는 불거져 나온 못대가리라는 말이 왠지 거스러미처럼 불편하게 느껴졌다.

"요즘 봐봐, 깡패들이 대학 학생회장꺼정 해 먹는대잖여? 삼청교육대를 다시 맨들어 싹 잡아들여야 헌대니께. 전두환이 그거 하나는 잘헌 거여."

백 씨는 말없이 앞에 놓인 맥주잔만 비웠다.

"오백 더 시켜?"

야기죽거리는 장 씨의 말을 들은 척도 않고 백 씨는 밖으로 나왔다. 하나밖에 없는 자식이라고 역성들어 주었다가는 바보 만들까 싶어 눈두덩이 터져 오든, 새 옷을 벗기고 오든 모른 척해 왔지만 이제는 더 두고 볼 일이 아니었다. 발본색원. 불거져 나온 못대가리는 망치가 약이라던 장 씨의 말을 되뇌며 백 씨는 내일은 무슨 일이 있어도 학교를 찾아가 볼 생각이었다. 장 씨 말대로, 학교를 한번 들었다 놓을 참이었다.

"을매나 걱정이 많으셨겠습니까?"

깔끔하니 양복을 차려입은 학생부장 선생은 품에서 명함부터 한 장 꺼내어 공손하게 건넨다.

'기본에 충실하며, 미래를 창조하는 교육'이라는 문구가 박힌 명함에는 학생부장 김달호라는 이름이 박혀 있었다. 학교도 많이 바뀌었다더니, 선생들이 명함까지 박아 가지고 다니는가 보다 싶어 백 씨는 오래도록 그걸 들여다보았다.

자초지종을 다 전하기도 전에, '기본에 충실한' 학생부장은 대뜸 포졸처럼 생긴 젊은 선생에게 용진이를 잡아 오라고 시켰다.

"그러잖아두 메칠 전부팀 사안을 인지하여 동태를 감시 중이었구먼유."

그러면서 학생부장은 탁자 위에 널찍한 도면 한 장을 꺼내 놓았다. 종이에는 차부 담벼락에 붙어 있던 지명수배자 광고판처럼 아이들 사진이 수두룩하니 박혀 있었다. 학생부장이 '요주의'라고 붉은 펜으로 적혀 있는 용진의 사진을 손가락으로 가리켰다.

"부모님덜은 핵교 선생덜이 죄 놀구 먹는 줄루만 아시지만, 밤낮으루 애덜 살피느라 눈코 뜰 새 읎대니깐유."

밤낮으로 살펴서 남의 새 옷을 벗겨 가고, 피시방 돈을 긁어내느냔 말이 당장 목구멍 밖으로 튀어나오려는 걸 백 씨는 꾹 참았다.

학생부장에게 한바탕 '기본에 충실하고 미래를 창조하는' 본교 교육의 4대 목표와 5대 방침에 대하여 듣고 있자니, 드르륵 문이 열리고 얼굴이 하얗게 질린 용진이 붙들려 온다.

"너, 한 번만 더 사고 치믄 워뜨케 허기루 혔지?"

용진이 꼿꼿하니 얼어붙은 얼굴로 대답도 제대로 하지 못한다. 남의 잠바를 뺏어 입고 제 것이라고 이죽거리던 때와는 전혀 다른 모습이었다.

"뺏은 게 아니구유, 사실은……."

"알지?"

말이 떨어지기 무섭게 용진은 교무실 바닥에 머리를 박고 뒷짐을 진 채 엎드렸다.

"용진아, 선생님이 젤 싫어허는 게 뭐여?"

"거짓말유."

"근디?"

"잘못혔쉬유."

"잘못혔으믄 뭘 혀야 헐까?"

"정신교육유."

"으잉, 알믄 바루 실시혀!"

말이 떨어지기 무섭게 용진이는 몸을 튕겨 세우더니, 벽 쪽으로 돌아서서 앉았다 일어서기를 반복한다.

"정직, 성실!"

"심들 텐디 그냥 책가방 싸 들구 가지?"

머리에 손을 올리고 앉고 일어설 때마다 목이 터지라 구호를 외치던 용진은 학생부장의 말에 고개를 설레설레 젓는다.

"본교는 애덜을 몽둥이루 때리지 않어유."

몽둥이 대신에 학생들에게 극기와 인격 수양의 기회가 될 수 있도록 정신교육을 시키고 있다고 했다.

"이십일 세기 첨단정보 시대에 몽둥이가 당키나 헌가유?"

용진의 얼굴은 어느새 온통 땀으로 젖어 있었다. 아이가 입에서 내뱉는 가쁜 숨소리가 손에 잡힐 듯 들려왔다.

"몇 번이나 혔냐?"

"이백칠십 번유."

"칠백삼십 번 남았네."

천 번을 채우느라 땀을 한 말쯤 흘린 아이는 바닥에 털썩 주저앉았다.

"너두 괴로워 봐야 정신을 차리지 않겠냐?"

체벌이 아니라 정신 수양이라며 학생부장은 아이에게 다시 오백 번을 더 시켰다.

눈으로 흘러 들어가는 땀 때문에 연신 손등으로 눈가를 닦아 내는 아이를 지켜보던 백 씨는 문득 가슴에서 무언가가 비죽 불거져 나왔다. 까마득하니 잊고 지내던 기억들이 부스스 몸을 일으키며 눈앞에 되살아났다.

열일곱 살 어름의 일이었다. 백 씨는 학교에서 소문난 말썽쟁이였다. 비슷한 패거리들과 어울려 다니며 일찌감치 술과 담배를 배웠고, 주먹이 굵어지면서는 불끈거리는 힘을 주체치 못해 싸움질을 취미로 삼았다. 그때마다 선생님들에게 불려 가 혼도 나고, 반성문을 대어 놓고 썼다. 매도 맞고, 꾸중도 들었지만 그래도 선생님들에게는 고분고분했고, 예의 바르게 행동했다.

다른 학교 아이의 앞니를 부러뜨린 것도 그 무렵이었다. 쌀 다섯 가마니를 팔아서 이를 새로 해 넣어 주고, 선생님들에게 종아리가 터지도록 회초리를 맞을 때만 해도 대충 그걸로 끝난 줄만 알았다.

난데없이 운동장에 트럭이 들어오고, 군인들이 총을 들고 교실로 들어왔다. 그는 친구들 틈에 끼어 군인들 어깨에 얹힌 번질거리는 총검을 호기심 어린 눈으로 바라보기만 했지, 설마 저를 찾아온 줄은 꿈에도 생각 못 했다. 제 이름이 불리고 훈육주임이 등을 떠밀어 군인들의 뒤를 따라나설 때만 해도 친구들을 보고 히죽거리며 웃었던 것이다. 트럭에 오르고, 친구들에게 손을 흔들 틈도 없이 군홧발이 날아왔다. 트럭 짐칸에 엎드린 채 그는 경찰서로 끌려갔고, 그곳에서 C급의 불량배로 분류되어 손을 뒤로 묶인 채 야밤에 짐짝처럼 어디론가 실려 갔다.

밤새도록 트럭에 흔들리며 도착한 곳은 지옥이었다. 트럭에서 내던져지자마자 몽둥이질이 시작되었다. 묻지도 따지지도 않았다. 닥치는 대로 날아오는 몽둥이에 머리가 터지고, 사방에서 비명이 터져 나왔다. 고개를 들었다가 호되게 뒤통수를 얻어맞은 그는 땅바닥에 엎드려 앞만 보고 기었다. 팔꿈치가 까지고, 무릎이 벗겨졌다.

군복이 지급되고, 그의 가슴팍에는 877번이라는 번호표가 붙었다. 인자해 보이는 소대장에게 '고등학교 이 학년'이라고 호소를 했다가 앞으로 불려 나가 시범 케이스로 맞아야 했다. 조교들에게 둘러싸여 채이고, 밟힌 끝에 그는 정신을 잃고 말았다. 깨어났을 때, 그는 바지에 똥을 싼 것을 알게 되었다. 그는 축축하니 젖고 냄새가 나는 옷을 갈아입지도 못한 채 지내야 했다.

철조망이 쳐지고, 초소마다 기관총을 겨눈 초병들이 지켜보는 가운데 연병장에 모여 온종일 순화교육이란 것을 받았다. 그는 며칠이 지난 뒤에야 자신이, 새로 뽑힌 전두환 대통령이 사회악을 뿌리 뽑는다며 불량배들을 잡아들여 온 삼청교육대에 오게 된 것을 알게 되었다. 말도 안 되는 일이었다. 비록 선생님들 모르게 학교 뒷산의 무덤가에서 소주도 마시고, 담뱃잎을 말아 피우기도 했고, 욱하는 성질에 주먹질도 하기는 했지만 자신이 깡패나 불량배라고는 생각하지 않았다. 미치도록 억울하고 분했지만 어디에다 하소연할 데도 없었다. 밤마다 끙끙 앓는 소리를 내는 옆자리의 876번 할아버지는 저수지 물을 몰래 뽑아다 모내기를 한 일로 붙들려 왔고, 택시를 운전하던 878번 길수 아저씨는 팔뚝에 문신이 새겨졌다는 이유로 검문소에서 택시를 길에 세워 둔 채 끌려왔다고 했다.

말이 교육이지, 그것은 무작정 사람을 괴롭히는 짓이었다. 웃통을 벗은 채 목봉을 어깨에 짊어지는 목봉체조며, 연병장을 수십 바퀴씩 달음박질쳐서 뒤처지는 이들에게 무자비한 매질을 가하는 선착순이며, 온종일 구덩이를 팠다가 다시 메우고, 다시 파는 게 순화교육이었다.

"벌써 오백 번을 다 혔냐?

숨을 헐떡이며 이마에서 뚝뚝 땀을 떨어뜨리는 용진이는 바짝 긴장이 되어 학생부장의 얼굴만 바라보았다. 학생부장은 종이를 꺼내어 아이에게 건네주었다. 수양록이라고 적혀 있는 종이에는 원고지처럼 칸이 촘촘히 그어져 있었다.

"니가 헌 잘못을 오만 자로 쓰는디, 한 자가 넘쳐두 안 되구 모자라두 안 되는 거 알지?"

아이가 교무실 바닥에 엎드려 볼펜으로 종이를 채워 나가는 동안 학생부장은 백 씨에게 녹차를 타다 주었다.

"앞으룬 다신 이런 일이 읎을 께유. 아주 뿌리를 뽑을 테니께유."

"쟤는 워찌 되는 건가유."

"벌점이 벌써 꽉 찼으니께, 특별교육을 받아야쥬, 뭐."

"특별교육유?"

"아, 본교에서는 해병대허구 자매결연을 맺어서 병영 체험을 허유."

학생부장은 말썽을 부려서 벌점이 일정 한도를 넘은 아이들은 해병대로 병영 입소를 시킨다고 했다.

"테레비에서 나오는 병영 체험허구는 류가 달라유. 해병대 유격장에서 훈련을 받는디, 여간 빡신 게 아녀유. 난다 긴다 허는 놈들두 거기만 갔다 오믄 군기가 바짝 들어개지구⋯⋯."

백 씨는 더 이상 앉아서 그 이야기를 마저 듣고 있을 수가 없었다.

"아니, 가실라구유?"

백 씨는 얼굴도 들지 못한 채 머리를 조아리고 있는 용진을 넌지시 바라보고는 서둘러 교무실 밖으로 나왔다. 영문을 모른 채 따라 나온 학생부장에게 백 씨는 머리를 옹송그리며 부탁했다.

"한 번만 용서해 주시믄 안되겄슈?"

"누구를요?"

"아직 애덜이잖유."

어리둥절해 하던 학생부장은 이내 목소리를 깔고 타이르듯 백 씨에게 이야기했다.

"용서만이 능사가 아녀유. 아, 사랑이래믄 저두 마찬가지쥬. 다 애덜 잘되라구 허는 일인디유."

예전에 훈육주임 선생이 입버릇처럼 하던 말이 그 뒤를 이어 떠올랐다. 나무에 가위질을 하는 것은 나무를 사랑하기 때문이다. 훈육주임은 과연 그를 사랑했을까.

C급의 사회악으로 분류되었던 열일곱 살의 백 씨는 4주

간의 순화교육과 2주간의 특별교육을 마치고 집으로 돌아왔다. 삼청교육대에서 돌아온 그는 자신 말고도 학생 980명이 삼청교육대로 보내졌다는 사실을 나중에야 알게 되었다. 불량 학생들을 삼청교육대로 보내라며 학교마다 할당이 되어 내려왔다는 것이다.

삼청교육대를 다녀온 뒤로 그는 학교를 그만두었다. 그리고 이듬해 그는 용기를 내어 그만둔 학교를 찾아갔다. 그곳에서 만난 훈육주임은 조금은 미안한 얼굴로 그를 달랬다.

"그게 다 너를 위해서 그런 거여."

"무슨 선생이 그래요? 워뜨케 제자럴 삼청교육대에다 집어넣어여?"

그는 울면서 선생에게 소리쳤었다.

학교 상벌 규정이 어쩌느니, 벌점제가 어쩌느니 떠드는 학생부장에게 그래도 한 번만 기회를 더 주라고 신신당부를 하고 백 씨는 달아나듯 학교를 빠져나왔다. 학교를 한번 들었다 놓으리라고 기세등등하게 들어가던 때와는 너무나 다른 모습이었다.

아무런 말도 못 하고 돌아온 백 씨에게 재갑은 불만이 많았다. 볼멘소리로 한참을 구시렁거리더니 제법 아버지에게 따지듯이 묻고 나선다.

"아부지두 참, 깡패헌티 용서가 워딧슈?"

"깡패라구 함부루 허란 법은 읎는 벱여."

"깡패덜은 죄 맘대루 함부루 허는디유, 뭐,"

"그렇다고 막 잡아다가 매질허믄 그기 워디 법이냐, 깡패나 다름읎지."

"삼청교육대란 걸 다시 만들어야 허유."

백 씨는 기가 막혀 아이의 얼굴만 우두커니 바라보았다.

"삼청교육대가 뭔지나 알구 입에 올리는 겨?"

"깡패덜 잡아다 정신 차리게 교육시키는 데 아녀유?"

"교육을 시켜?"

"거기만 갔다 오믄 새사람이 되었다는디요?"

"누가 그러대?"

"수사반장유."

"수사반장?"

"학생부장 샘 말유. 그 샘이 삼청교육인가 거시기 교관을 했었다잖유. 일진 애덜두 그 앞에 가믄 죄 얼음땡이유."

백 씨는 혀를 차며 아이를 타일렀다.

"너, 그걸 누가 했는지는 알구 있냐?"

"전두환 대통령이 혔다는디유."

"그려. 근디 그이가 그걸 워째 혔는지두 알구?"

"그야 깡패덜 잡아들이는, 정의 사회 구현 아니유? 범죄

와의 전쟁이던가?"

비록 오해가 있어 저 같은 사람이 그곳에 끌려갔다 오기는 했지만, 백 씨도 깡패를 잡아들이는 일이 잘못된 일이라고는 생각지 않았다. 나중에서야 그것이 '혁명'을 일으킨 대통령들이 민심을 잡기 위해 단골 메뉴로 벌이는 사업이라는 걸 알게 되었다. 깡패를 잡겠다는 데 반대를 할 국민들이 어디 있겠는가. 문제는 깡패보다 더한 깡패들이 그 짓을 한다는 거였다.

"진짜 깡패가 누군지나 알어?"

백 씨는 입을 비죽거리는 재갑을 앉혀 놓고 지난 시절에 있었던 이야기를 들려주었다. 삼청교육대를 만든 대통령의 동생이 돈을 해 먹다가 옥에 들어갔다. 보통 사람들 같으면 평생 콩밥을 먹을 일이지만 그이는 은근슬쩍 얼마지 않아 풀려났다. 그 소식을 전해 들은 지강헌이라는 죄수가 탈옥을 했다. 경찰에 쫓기던 지강헌은 북가좌동 주택에 들어가 인질극을 벌였다. 그가 남긴 말이 '유전무죄 무전유죄'였다.

"돈만 있으면 아무리 나쁜 짓을 해도 죄가 없다 이거여."

"돈 읎는 그이는 워째 되었슈?"

"으잉, 〈홀리데이〉란 노래가 듣고 싶다고 신청혔는디, 경찰이 잘못 틀어 주었어. 비지스 걸루 틀라 혔는디, 스콜피온 걸루 틀은 거여."

"그래서여?"

"그러긴 뭐. 총 맞아 죽었지."

"완전 개콘이네."

풍뎅이 울듯 전화가 울려 받아 보니 학생부장이었다.

아이를 그냥 용서할 수는 없으니, 이번에 재갑이를 괴롭힌 일을 일체 불문에 붙이겠다는 사실을 서면으로 적어서 보내 달라는 것이었다. 전화를 끊고 나자, 곁에서 이야기를 전해 들은 아이가 볼멘소리로 중얼거렸다.

"기냥 몽땅 딴 핵교루 보내라구 혀유."

"딴 핵교는 벨수 있겄냐? 폭탄두 아니구 이리저리 돌려 봐야 애만 베리기 십상이지."

"일진 애덜은 하나래두 남겨 놓으믄 안 돼유. 남바 투가 가믄 남바 쓰리가 올라오구, 호랭이 읎는 굴에 여우가 대장 노릇 헌다잖어유. 콩밭에 김매듯이 말깜히 잡어 놔야 된다니께유."

모처럼 앙다물고 모진 말을 내어 놓는 아들을 백 씨는 마뜩잖은 눈으로 쳐다보다가 한 마디 내질렀다.

"그러는 너는 남바가 멫인디?"

그 대목에서는 아이도 할 말이 변변찮은지 입만 비죽거릴 뿐 더 대거리를 하지 못했다.

"미장원 가서 엄마헌티 저녁이나 차리라구 혀라."

"낼 수행평가해야 혀유."

"뭔 평가?"

"낼까정 시를 외워 가야 헌단 말여유."

"시를 외워?"

"새로 바뀐 국어 샘 땜에 여간 애먹는 게 아녀유. 공고에서 시가 가당키나 혀유?"

두덜거리면서도 책을 펼쳐 들고 늙은 중 염불 외듯, 시란 걸 웅얼거리는 품이 신기해서 백 씨는 재촉하던 저녁밥도 잊고 재갑이 하는 양을 지켜보았다. 시라고는 얼마 전에 늙은 윤정희가 나오는 영화로나 본 게 전부인 백 씨는 아이 입에서 흘러나오는 시라는 게 마냥 신기하기만 했다.

나는
그대에게 박힌 가장 위험스러운 못,
튼튼하게 뿌리내리지도
아름답게 반짝이지도 못해
붉고 푸르게 녹슬어 있다*

백 씨의 가슴에서 툭 대못이 불거져 나왔다. 붉고 푸른 못. 가슴속에 박힌 채 붉고 푸르게 녹슬어 가던 못이 가슴팍을 뚫고 비어져 나왔다.

"많구 많은 시 중에서 하필이믄……."

버럭 소리를 지르며 일어서는 백 씨의 기세에 놀라 재갑
은 눈을 둥그렇게 뜬 채 눈치만 살핀다.

몇 달 전부터 잠도 못 자고 훈련을 받았다는 조교들은 눈
에서 번질번질 빛이 났다. 그는 쓰레기장에서 주운 종이와
몽당연필로 편지를 썼다. 모두가 잠든 밤에 숨을 죽이고 희
미한 실내등 불빛 속에서 그는 어머니에게 편지를 썼다. 보
고 싶은 어머니……, 이 대목을 쓰고 나니 눈에서 눈물이 하
염없이 흘러나왔다. 모포 속에 얼굴을 묻고 소리 죽여 우느
라 그는 다음 말을 적을 수가 없었다. 억지로 울음을 참느라
목이 찢어질 듯 아파 왔다. 불침번에게 들킬까 보아 그는 울
음을 꾹꾹 누르고 나서 어머니에게 편지를 썼다.

　엄마, 보고 싶은 엄마.
　나를 찾고 있지유? 난 정말 살구 싶어유. 제발 나를 찾
아 줘유. 나를 잊어버린 건 아니겠지유? 이곳에서 나가면
정말 착하게 살게유. 담배두 끊구, 공부만 헐게유. 친구들
이 놀려도 그냥 맞구 말 거유. 엄마, 제발 나를 여기서 끄
내 줘유. 나 좀 데려가 줘유. 집에서 기르던 강아지가 없어
져두 찾으러 댕기잖어유. 보고 싶은 엄마. 난, 이러다가 죽
을지두 몰러유. 내가 죽기 전에 나를 찾아 줘유. 엄마. 집

에 가구 싶어유.

  삼 주째 되던 날, 그는 편지에 집 주소와 전화번호를 적어 연병장 너머로 지나가는 아주머니에게 던졌다. 그 편지는 어머니에게 전해지지 않았다. 부대 옆에서 기사식당을 하던 아주머니는 그 편지를 헌병대에 신고했고, 그는 특별교육대로 옮겨졌다. 교육 중에 지시 불이행자나 태도 불량자들이 보내지는 특별교육대의 생활은 차라리 죽는 편이 나았다. 하루 24시간 동안 잠시도 앉거나, 쉴 틈이 없었다. 잠도 자지 못하고, 끼니도 던져 주는 빵조각을 주워 먹어야 했다. 연병장을 끊임없이 달리다가 낙오하면 목에 줄을 매어 트럭으로 끌고 달렸다. 지쳐서 쓰러지면 나무에 거꾸로 매달거나, 심장이 멎을 것처럼 차가운 개울물에 집어 던졌다. 기어 나오려고 하면 긴 막대기로 머리를 눌러 물속으로 집어넣었다. 개울물에서 빠져 죽은 사람은 퉁퉁 불은 시체로 건져져 화장장으로 옮겨졌다. 그곳에서 그는 너무나 고통스러워 몇 번이나 스스로 목숨을 끊으려고 했다. 혀를 깨물다가 울고 있는 어머니가 생각나 그만두었다.

  나는 사회의 독버섯이다. 나는 국가와 사회를 좀먹는 암덩이다. 나는 인간이 아니라 짐승이다. 나는 맞아 죽어 마땅한 개새끼다.

세 명씩 때려 죽이라는 말을 들었다며 조교들은 번질거리는 눈으로 몰려왔다. 그들은 매질을 하기 전에 교육생들을 세워 놓고 이런 말들을 외치게 시켰다. 매질을 당하기도 전에 사람들은 사시나무처럼 떨었고, 선 채로 오줌을 쌌다. 그리고 닥치는 대로 몽둥이질이 시작되었다. 비명이 터져 나오고, 몽둥이가 뼈에 부딪치는 소리가 들려왔다. 매질은 하룻밤에도 몇 차례나 되풀이되었다. 차라리 한 번에 끝내면 좋으련만 잠깐 자리에 누워 눈을 붙일라치면 또다시 매질이 시작되었다. 그런 밤이 지나고 나면, 누군가가 목을 매거나 유리조각으로 손목을 그었다. 창호 아저씨가 못을 삼킨 것도 그런 밤이었다.

오십 대의 창호 아저씨는 춤꾼이었다. 집에서 춤을 가르치다가 주민들의 신고로 잡혀 오게 되었다. 그는 자신이 제비족이 아니라 볼룸댄스를 사랑하는 예술가라고 억울해 했다. 탈주를 시도하다가 붙잡혀 오줌에 피가 나도록 맞고 나서 특별교육대로 왔다는 창호 아저씨는 연병장에서 주운 못을 다섯 개나 삼키고 죽었다.

아침에 일어나 보니 옆자리의 창호 아저씨가 죽어 있었다. 미처 삼키지 못한 못이 목덜미 밖으로 비죽 튀어나와 있었다.

"불거져 나온 못대가리는 망치가 약이래잖여."

호프집 장 씨의 말이 뒤늦게 가슴을 두드렸다. 붉고 푸른 못. 그것은 오랜 세월이 흘러도 삼켜지지 않은 채 백 씨의 가슴팍에 박혀 붉고 푸르게 녹슬어 가고 있었던 것이다.

그날 밤, 백 씨는 잠을 이루지 못했다. 바람벽에 등을 기댄 채 두 병씩이나 비운 술에도 덤덤하니 취하지가 않았다. 책상 앞에 앉아 무언가 종이에 끼적거리던 백 씨는 희뿌옇하니 날이 밝을 무렵에야 그 자리에 엎어져 까무룩 잠이 들었다.

아침부터 죽겠다고 짖어 대는 개 소리에 백 씨는 눈이 번쩍 뜨였다. 구두를 질겅거리던 바둑이가 백 씨를 보고 기겁을 하여 마루 밑으로 몸을 움츠렸다. 여느 때와 달리 백 씨는 개에게 구둣주걱을 들지 않았다.

학교에 늦었다고 신발도 제대로 꿰지 않은 채 달려 나가는 재갑이를 불러 세워 편지 봉투를 쥐여 보냈다. 학생부장이 보내라던 확인서였다.

재갑은 학교 가는 버스에 올라앉아 아버지가 쥐여 준 봉투를 슬쩍 열어 본다. 종이에는 큼지막한 글씨로 이렇게 적혀 있었다.

애덜 가슴에 못 박는 일은 하지 말아 주셔유.

---

*유용주의 시 「붉고 푸른 못」 부분

폭력으로 폭력을 막을 수는 없습니다

– 삼청교육대를 생각하며

세상의 모든 물건에는 안팎이 있습니다.

세상에서 일어나는 일들도 안이 있으면 밖이 있습니다. 초록의 줄무늬 수박이 속은 붉듯이, 우리 주변에서 일어나는 역사적인 사건들도 겉보기와 다른 진실이 숨겨져 있습니다. 대체로 사람들은 겉의 무늬만 보기 쉽습니다. 실제로 역사의 진실은 그 안에 숨어 있는 일이 많습니다.

우리 친구들은 거리의 불량배나 학교에서 친구들을 괴롭히는 일진 친구들을 보면, 그들보다 더 힘이 센 슈퍼맨 같은 정의파가 나타나 혼내 주기를 바랄지도 모릅니다. 그러나 주먹으로 주먹을 이기는 짓은 더 강한 불량배나, 더 잔인한 일진짱일 수밖에 없습니다. 폭력은 폭력으로 이길 수 없습니다. 그런 생각이야말로 주먹질보다 더 잔인한 폭력일 수 있다는 사실을 우리는 지난 역사에서 배우게 됩니다.

이 소설에서 다룬 '삼청교육대'는 장기군사독재를 해 오던 박정희 대통령이 측근의 손에 살해된 뒤에 이 사건을 조사하는 책임을 맡은 신군부 세력들이 정권을 탈취하여 당시 보안사령관이었던 전두환 소장이 대통령이 되면서 만든 것입니다.

대체로 쿠데타로 정권을 잡은 군부 세력들은 반대 세력을 제거하고, 민심을 제 편으로 만들기 위해 불량배들을 잡아들이곤 했습니다.

5·16군사쿠데타로 집권한 박정희 대통령도 이정재, 임화수 등의 정치 깡패들을 잡아들여 국민들의 호응을 얻었지만 이 속에는 깡패뿐 아니라 정치적으로 반대 입장에 서 있는 인물들도 포함되었습니다.

훗날, 정권을 잡게 된 전두환 대통령도 이를 그대로 흉내 내어 5·18 광주민주화운동 등으로 일어난 민중의 저항을 억누르고, 공포감을 주기 위해 군인들을 동원하여 삼청교육대를 운영했습니다. 1980년 8월 4일, 사회악을 일소한다는 명분으로 폭력·사기·마약·밀수사범에 대한 일제 검거령을 내려 1981년 1월까지 6만 7백55명을 잡아들였습니다. 붙잡혀 온 사람들은 정식 재판도 없이 A, B, C, D 네 등급으로 나뉘어 A급은 군사재판에 회부됐으며 B급은 4주 교육 후 6개월 노역, C급은 2주 교육 후 훈방, D급은 훈방 조치되었습니다.

이 과정에서 각 경찰서마다 잡아들여야 할 인원이 할당되어, 이 몫을 채우기 위해 마구 잡아들이다 보니 억울한 사람들까지 무고하게 잡혀가 고초를 겪어야 했습니다. 고등학교에도 인원을 할당하여 불량학생들을 보내라고 지시가 내려가 9백80명의 어린 학생들이 스승의 손으로 보내져 이루 말로 못 할 고초를 겪게 되었습니다.

삼청교육대에 수용된 사람들은 가족들과의 면회도 금지되었으며, 군부대를 벗어날 경우에는 사살되었습니다. 삼청교육대에서의 무자비한 폭력과 비인간적인 훈련으로 50명이 사망하고 3백97명이 후유증으로 사망했습니다.

이 사건을 통해, 우리는 비록 품행이 불량한 사람이라 할지라도 적법한 절차와 법령에 따라 적정한 심판을 받을 권리가 있다는 사실을 깨달아야 할 것입니다. 그 징벌도 헌법과 인권의 범위 안에서 이뤄져야 할 것입니다. 또한 삼청교육대의 무자비한 학대와 훈련이 불량배를 없앴다는 근거도 입증된 바가 없습니다. 삼청교육대에서 출소한 불량배들이 오히려 더욱 조직화되고 잔혹해진 '조직폭력배'로 등장하게 된 사실은 우리에게 폭력은 폭력으로 막을 수 없다는 사실을 알게 합니다.

지금도 강력 범죄가 발생할 때마다 범죄자에 대한 무자비한 징벌을 가하자는 목소리가 높지만, 징벌과 심판은 법의 테두리에서 이뤄져야 할 것이며, 그것을 넘어서는 징벌과 심판은 또 다른 폭력의 시작임을 삼청교육대를 통해 성찰해야 할 것입니다.

● 이시백

1882	임오군란
1884	갑신정변
1894	동학농민운동
1910	한일강제병합
1919	3·1운동
	상하이 대한민국 임시정부 수립
	항일 무력독립운동 단체 '의열단' 조직
1943	카이로 선언
1945	포츠담 선언
	8·15광복
1948	제주 4·3 발생
	대한민국 정부 수립
1949	국민보도연맹 조직
1950	6·25한국전쟁 발발
1953	휴전협정
1960	3·15부정선거
	4·19혁명
1961	5·16군사정변
1969	삼선개헌
1972	계엄령 선포, 유신정권(제4공화국 출범)
1979	부마민주항쟁
	10·26사건
	12·12사태
1980	비상계엄령 발령(삼청교육대 설치)
	5·18민주화운동
1981	제5공화국 출범
1987	6월항쟁, 6·29민주화선언
1988	제6공화국 출범
1993	문민정부 출범
1997	IMF구제금융 요청
1998	국민의 정부 출범
2002	한일월드컵 개최
	미선·효순사건 발생

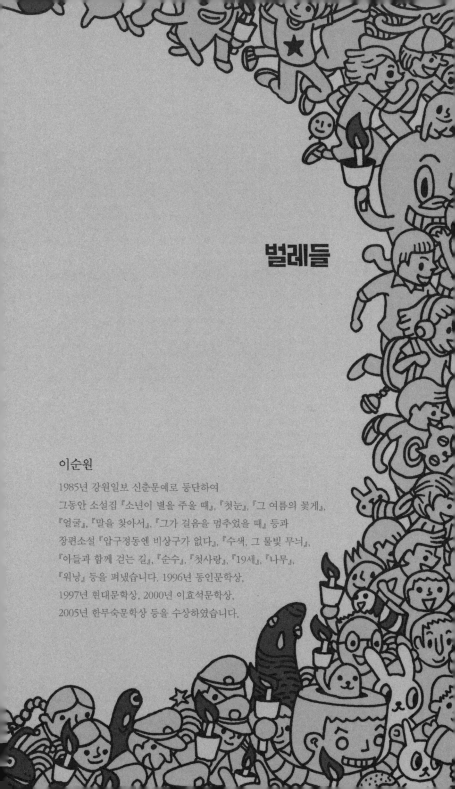

벌레들

이순원

1985년 강원일보 신춘문예로 등단하여
그동안 소설집 『소년이 별을 주울 때』, 『첫눈』, 『그 여름의 꽃게』,
『얼굴』, 『말을 찾아서』, 『그가 걸음을 멈추었을 때』 등과
장편소설 『압구정동엔 비상구가 없다』, 『수색, 그 물빛 무늬』,
『아들과 함께 걷는 길』, 『순수』, 『첫사랑』, 『19세』, 『나무』,
『워낭』 등을 펴냈습니다. 1996년 동인문학상,
1997년 현대문학상, 2000년 이효석문학상,
2005년 한무숙문학상 등을 수상하였습니다.

그는 막 출근한 사무실에서 이런 메일 한 통을 받았다. 그
것은 그즈음 신문에 그의 칼럼이 실리는 날 아침마다 받게
되는 대여섯 통쯤 되는 메일 중의 하나였다. '카프카의 여
인'이라는 제목만 아니었다면 그는 목록 중간쯤에 있는 그
메일을 열지 않았을 것이다.

어느 날 아침 그레고르 잠자가 불안한 꿈에서 깨어났을
때, 그는 자신이 침대 속에 한 마리의 커다란 벌레로 변해
있는 것을 발견했다. 그는 갑옷처럼 딱딱한 등을 대고 누
워 있었는데, 머리를 약간 쳐들면 반원으로 된 갈색의 배
가 활 모양의 단단한 마디들로 나누어져 있는 것이 보였다.

정말 어느 날 밤, 왜 갑자기 카프카의 글을 신문에 나오
는 이름과 사진으로 말고는 단 한 번 얼굴도 본 적이 없는

분에게 보내고 싶어졌을까요. 어쩌면 여기까지도 읽지 않고 바로 삭제해 버릴지도 모를 메일을 말이에요. 저는 카프카의 사진을 볼 때마다 이런 생각을 한답니다. 카프카는 왜 카프카처럼 생겼을까. 그건 카프카의 글을 읽을 때도 마찬가지랍니다. 카프카는 정말 카프카처럼 생겼을 뿐만 아니라 글도 참 카프카 같지요. 그러니 그의 불안도 카프카 같았겠지요.

그리고 벌레는 카프카의 소설 속에서 말고는 어디에 있으나 꼭 벌레 같죠. 가만히 들여다보면 '벌레'라는 글자도 그렇고, 또 그것을 입속으로 가만히 중얼거려 보면 그 중얼거림도 꼭 입속에 숨어 있다가 입 밖으로 나오려고 등껍질로 입천장을 밀어 올리는 벌레의 움직임 같지요. 벌레의 생각도 우리가 그것을 들여다볼 수 있다면 꼭 벌레 같을 것 같고, 벌레가 글을 쓴다면 그 글도 꼭 벌레 같겠지요. 때로는 사람도 벌레 같을 때가 있고, 벌레의 생각처럼 보일 때가 있는데 정말 벌레라면 그렇지 않을까요.

삭제하지 않고 여기까지 읽으셨다면 미안해요. 그런다고 설마 내일 아침 님에게 그레고르 같은 일이야 일어나겠어요. 문제는 언제나 그 반대편에 있는 우리 같은 사람들이겠지요. 늦은 밤 인터넷을 통해 내일 아침 신문에 나올 님의 글을 읽었습니다. 같은 일을 놓고도 세상 주류들의 생각은 이렇구나. 무엇이 옳고 그름을 떠나 그들은 우리에게 너희들도 이렇게 생각해야지 주류로 들어올 수 있는 거라고 말하고 있구나. 그 앞에 우리들의 생각이나 존재는 참으로 작은 벌레 같구나. 저절로 그런 생각을 하게 됩니다.

그러다 잠자리에 들면 내일 아침, 님들이 펼치는 그런 완강한 주장들에 눌려 '불안한 꿈'에서 깨어났을 때, 내 자신이 침대 속에 한 마리의 커다란 벌레로 변해 있는 것을 발견하게 되는 것은 아닐까 불안해지기도 한답니다. 저도 제 머리에 비칠 따뜻한 햇살을 꿈꾸는데, 그렇게 꿈꾸는 햇살에 대한 생각조차 이 세상 한켠에 밀려나 있는, 그리고 당연히 밀려나 있어야 하고 또 밀려나 있지 않으면 안 될 벌레들의 생각인 것 같아 그게 불안한 것인지도 모르겠어요.

이즈음 님들의 글을 읽으며 제가 느끼는 불안이 그렇답니다. 님들의 주장이 세상 사람들의 생각을 이쪽에서 그쪽으로 바꾸어 놓을까 봐 불안한 것이 아니라 그런 님들의 완강함이 때로는 우리의 생각과 판단이 상식에 기초할 때조차도 세상 구석으로 밀려나 있지 않으면 안 될 벌레들의 생각처럼 한없이 작게 보이게 한다는 것이지요.

끝까지 읽으셨다면 정말 미안해요. 이 모든 게 저 혼자만의 불안 탓이었으면 좋겠습니다.

　　　　　　　　　　－ 카프카의 여인 도라 디아만트, 혹은 그레테

그는 바로 메일을 삭제하려다가 손을 멈추고 처음부터 다시 천천히 그것을 읽었다. 제일 끝에 쓴 '그레테'는 누군지 알 것 같은데, '카프카의 여인 도라 디아만트'는 처음 들어 보는 이름이었다. 그는 언제 어느 책에서 본 것인지 확실하지 않은, 그럼에도 자신의 머릿속에 어떤 잔영처럼 남아 있는 카프카의 흑백사진을 떠올려 보았다. 여자의 말처럼 머릿속에 떠올리는 사진의 희미한 기억만으로도 카프카는 정말 카프카처럼 생겼다. 그러니 그가 쓴 글도 꼭 카프카 같았을 것이다.

직접 대고 악담 한마디 하지 않았지만, 악담보다 더 기분 나쁘라고 쓴 글이었다. 벌레는 카프카의 소설 속에서 말고는 어디 있으나 꼭 벌레 같죠, 하고 이어진 글도 겸손한 듯 말해도 오늘 신문에 실린 당신의 글이 바로 그렇지 않느냐는 얘기였다. 그런데도 이상하게 그는 자신이 모욕받고 있다는 느낌이 들지 않았다. 이것도 벌레 같은 생각인가. 아니, 내가 지금 내 일에 회의하며 이 여자의 생각에 동조하고 있는 것인가. 아주 짧은 시간 그의 머릿속이 마치 벌레의 머릿속처럼 복잡해졌다. 그는 마우스를 움직여 이미 '삭제'에 가 있는 커서를 '저장' 쪽으로 옮기고 가볍게 집게손가락을 눌렀다. 그러자 그것도 힘없이 흔들거리는 벌레의 다리 동작 같은 느낌이 들어 그는 마우스를 잡았던 손을 떼어 눈앞에 가져와 앞뒤로 움직이며 다시 잠시 동안 그것을 바라보았다.

그러면서 혼잣소리로 가만히 입속으로 벌레,라고 중얼거려 보았다. 말을 하기 전 저절로 입술부터 다물어졌다가 벌어졌다. 다시 한 번 벌, 레, 하고 천천히 중얼거리자 '벌' 할 때 밀어 올리듯 입천장에 닿았던 혀가 '레' 할 때 아래로 내려오는 움직임 역시 여자가 말한 대로였다. 음절과 음절 사이를 끊어 천천히 말할 때, '벌' 할 때만 해도 입술은 조금 벌어졌으나 아직 입천장과 혀 사이에 갇혀 있던 관념 속의 벌레 한 마리가 '레'라고 말할 때 그 틈을 타 스르르 입 밖으로 기어 나오는 것 같았다. 메일을 쓸 때 여자는 그것까지도 계산했는지 모른다. 그렇지만 입안에 어떤 이물감 같은 것은 느껴지지 않았다.

"혼자 뭘 중얼거려?"

같은 방을 쓰는 선배 논설위원이 뒤늦게 사무실로 들어서며 책상 앞으로 다가왔을 때에야 그는 아직도 자신이 얼굴 앞에 손을 쳐들고 이리저리 바라보고 있는 것을 알았다. 아뇨, 아무것도…… 그는 황급히 손을 내려 나머지 읽지 않은 메일들을 서둘러 삭제했다. 그 메일들이야말로 오늘 아침 신문에 난 자신의 칼럼을 읽고 보내온 욕설이 절반인, 벌레 같은 인간들의 벌레 같은 글들일 것이다. 그래, 이런 메일을 받는다고 써야 할 글이 달라지는 것도 아니고, 세상이 달라지는 것도 아닐 것이다. 창으로 다가가 블라인드를 걷어올리자 차르륵, 하는 소리와 함께 밝기는 하지만 온기 하나 없는 겨울 볕이 사무실 안으로 깊숙이 들어왔다.

"여론조사 새로 나온 거 없지?"

선배 논설위원이 자기 자리로 가 앉으며 물었다.

"예, 아직은……."

"이러다 뒤집지 못하는 거 아니야? 어제 나온 것도 평균 7~8퍼센트 차이라면서. 당에서 내놓은 것도 5퍼센트 차이고."

세상 사람들의 관심이 온통 거기에만 가 있었다. 선배 논설위원도 그것이 불안하고 초조하다는 얼굴이었다.

"하나 큰 걸 물어야 한다니까, 결정적인 걸."

그리고 남은 기간 동안 집중 포화를 때리면 그걸로 게임이 뒤집어질 거라는 얘기였다. 그러나 그는 그거야말로 과거 이쪽에서 가졌던 영향력에 대해 아직도 미련을 버리지 못하고 있는 턱없는 희망 같은 것이 아닐까 생각했다. 실제로 그렇게 하지 않은 것도 아니었다. 그동안 이것이다, 싶은 몇 가지의 이슈와 문제점에 대해 가장 많은 독자를 가지고 있는 신문 세 개가 전선을 연합하듯 수차 과녁 이동을 해 가며 내심 이쪽에서 지원하는 후보보다 상대적으로 진보적이며 껄끄러운 입장의 후보를 무차별하게 공격해 댔지만 여론의 지지율은 변동이 없었다. 그 정도의 공격이라면 예전 같으면 뒤집어져도 벌써 뒤집어졌어야 할 일이었다. 이틀 동안 신문 전체를 덮을 만큼 문제 제기를 했던 이슈가 삼 일째엔 언제 그런 문제를 제기했느냐 싶게 전혀 다른 이슈로 수시로 과녁 이동을 했던 것도 그런 공격이 전혀 먹혀들지 않는 데에서 오는 초조감 때문이었을 것이다. 어떤 공격들은 오히려 이쪽에서 도움을 주고자 하는 후보의 지지율 격차만 더 벌어지게 했다. 표 나지 않게 은근히 이루어져야 할 지원이 너무 노골적으로 이루어져 거기에 대한 반감도 적지 않은 듯했다. 예나 지금이나 사람들은 여전히 신문을 보고 있었지만 신문에 난 것을 이미 그대로 믿지 않았다. 처음엔 다소 흔들리는 듯했으나 그들은 이내 기사 하나하나를 그 의도까지 짚어 가며 스스로 분석하고 해석한 다음 그것을 다시 거미줄처럼 퍼져 있는 인터넷망을 통해 확대 유통하며 새로운 여론을 생산해 냈다. 잠시 전에 읽은 카프카 여인의 메일만 해도 그랬다. 여자도 신문이 세상 사람들의 생각을 바꾸어 놓을까 봐 불안한 것이 아니라 어느 한쪽을 일방적으로 편들며 생산해 내는 이쪽의 기사와 논조 들이 자신들의 생각을 세상 구석으로 밀어내는 듯한 어떤 분위기의 완강함이 불안하다고 했다.

아침 신문에 실린 그의 칼럼도 선거에 대한 것이었다. 그는 어제 자신의 칼럼에 포퓰리즘에 대해 많은 부분 지면을 할애했다. 내용의 새로움을 위해 이제는 사람들이 같은 얘기를 너무 많이 들어 오히려 지겨워지기까지 한 남미의 몇몇 실패한 지도자 얘기가 아니라, 군중 선동으로 권력을 잡았으나 후일 또 다른 군중 선동으로 자신도 비극적인 최후를 맞이하고 국가도 혼란에 빠뜨린, 희랍 역사에서도 그렇게 이름이 많이 알려지지 않은 어느 대중 정치가의 이야기를 했다. 그리고 끝에 가서 아마추어리즘은 일견 신선한 느낌을 주긴 하지만, 그러나 신선하다는 것이야말로 모험적이라는 뜻이고, 아직 제대로 검증이 되지 않았다는 뜻이 아니겠느냐, 개인의 성취야 얼마든지 모험에 맡길 수 있겠지만 국가 운영을 어떻게 단지 신선하다는 이유만으로 모험에 맡길 수 있겠느냐고 썼다.

그 칼럼의 데스크를 같은 방의 선배 논설위원이 봐줬다. 처음 그가 쓴 칼럼의 마지막 문장은 '어느 쪽으로의 선택이 우리의 미래를 위한 선택일까를 깊이 생각할 때이다'였다. 선배는 전체적으로 좋구만 하고 나서 그 문장을 '어느 쪽으로의 선택이 일시적인 기분과 일시적인 분위기에 따른 선택이 아니라 우리 모두의 안전한 미래를 위한 선택일까를 깊이 생각할 때이다'로 고치는 게 좋겠다고 말했다. 같은 뜻의 말도 그렇게 아 다르고 어 다르기도 한 것이었다. 그리고 그것은 '일시적인 기분과 일시적인 분위기에 따른 선택'과 '우리 모두의 안전한 미래'만큼의 차이이며, 카프카 여인이 느끼는 이쪽의 어떤 완강한 분위기만큼의 차이이기도 한 것이었다.

"자, 시간 됐는데 회의 들어가자구."

선배 논설위원이 먼저 자리에서 일어섰다. 그도 노트북 뚜껑을 닫고 선배 논설위원을 따라 자리에서 일어났다.

회의는 점심때가 되어서야 끝났다. 회의를 끝내고 다들 식사를 하러 나갈 때 그는 혼자 방으로 돌아왔다. 아침에 무얼 제대로 먹고 나온 것도 아닌데 이상하게 식욕이 없었다. 빛은 어느새 창 쪽으로 두 걸음 정도 비스듬히 물러나 있었다. 그는 한참 동안 멍하니 책상 앞에 앉아 있다가 아침에 받은 카프카 여인의 메일을 다시 꺼내 읽었다. 그러자 이번엔 아까 처음 읽을 땐 다른 구절들 때문에 미처 눈에 들어오지 않았던 '이 모든 게 저 혼자만의 불안 탓이었으면 좋겠습니다'가 얼굴은 모르지만 이미 자신이 마음까지 읽어 버린 어떤 여자의 불안처럼 새롭게 그의 눈길을 잡는 것이었다.

아마 당신 혼자만의 불안이 아닐 거요. 이쪽이든 저쪽이든 이 시대 그레고르 잠자들의 불안이지.

그는 여자의 메일에서 바로 '답장'을 눌러, 자신의 칼럼에 대한 항의 메일인 줄 잘 알지만 한 가지 궁금한 것이 있어 답신을 쓴다, 그레테가 그레고르 잠자의 동생인 것은 알겠는데, '카프카의 여인 도라 디아만트'는 누구이며, 당신은 언제 어떤 계기로 처음 카프카를 읽었느냐고 물었다. 자신은 그것이 궁금하며, 서로 세상에 대한 생각은 다르다 할지라도 어쩌면 우리는 카프카에 대해 저마다 특이하면서도 비슷한 경험을 가지고 있을지도 모르겠다고 말했다.

*

실제로 그는 카프카에 조금은 특별한 경험을 가지고 있었다. 그가 카프카를 처음 읽은 것은 그의 나이 열여섯 살 때의 일로 그때 그는 중학교 3학년이었다. 학기 초 국어 선생이 추천한 책이었는데, 가을이 되어서야 읽을 수 있었던 것은 학교 도서관에 있는 책을 늘 다른 아이들이 먼저 빌려 갔기 때문이었다. 제대로 순서를 기다렸다면 졸업할 때까지도 그 책은 그의 손에 들어오지 않았을지 모른다. 그때로선 그것이 그들의 수준에 맞는 책인가 아닌가 하는 것은 그다지 중요하지 않았다. 그 나이가 으레 그렇듯 그보다 중요한 것은 그 책을 누가 추천했느냐 하는 것이었다.

그러나 아무리 선생님이 추천한 책이라 하더라도 그것

만 가지고는 삼십 년 전 어느 평범한 소도시의 한 중학교에 불었던 그 책의 대여 열풍을 다 설명할 수 없을 것이다. 처음 그것을 추천한 것은 국어 선생이었지만, 여름방학이 지나 2학기 절반이 다 되도록 그 책의 대출 희망자들이 줄지 않았던 것은 각 교실마다 제법 공부를 한다는 아이들 간에 불은 이상한 경쟁의식 때문이었다. 그런 때문에 그가 그것을 읽을 때쯤엔 그것을 읽은 아이나 읽지 않은 아이나 이미 그 작품의 표면적인 내용을 다 알고 있었다. 우선 국어 선생이 책을 추천할 때 지나치리만큼 상세하게 내용을 설명해 주었다.

그는 옆자리의 친구가 대출해 온 책을 다시 빌려 보았다. 책의 대출 기간은 3일에서 5일 사이였다. 그는 친구에게 책을 다 본 것이면 자기가 보고 반납을 하면 안 되겠느냐고 물었다. 친구는 그렇게 하라며 아직 대출 기간이 이틀이나 남아 있는 책을 그에게 내주었다. 그때 친구에게 책을 빌리며 그는 꼭 이렇게까지 하면서 이걸 봐야 하나, 하는 생각을 잠시 했다. 먼저 책을 빌려 간 아이들마다 그 책을 읽은 것에 대해 무슨 훈장처럼 떠들어서 그는 책을 읽지 않고도 독후감을 써낼 수 있을 정도였다. 책의 제목은 「변신」이었지만 차례엔 「선고」, 「화부」 등 몇 편의 작품이 같이 실려 있었다.

어쩌면 친구도 다른 친구들처럼 그 책을 단지 도서 대출 카드에 자신의 이름을 올리기 위해 빌려 온 것인지도 몰랐다. 처음엔 잘 몰랐는데, 나중에 친구 대신 책을 반납할 때 대출 카드에 적혀 있는 명단을 보니 그랬다. 3학년 여섯 개 학급에서 제법 공부를 한다는 아이들치고 거기에 이름을 올리지 않은 아이들이 드물었다. 대출 순서도 성적순과 완전하게 일치하지는 않았지만 거의 비슷한 순서를 유지하고 있는 듯했다.

웃기는군.

그는 대출 카드에 적혀 있는 이름들이 마치 벌레들의 명단처럼 보였다. 친구 대신 책을 반납하며 그는 도서관 일까지 맡아보는 교무실 급사 몰래 그 책 대출 카드 여백에 '여기 벌레들 가운데 몇 명이나 제대로 이 책을 읽었을까'라고 적어 놓았다. 선생님이 얘기한 것은 「변신」뿐이긴 했지만, 그 책을 읽고도 나머지 작품에 대해 말하던 친구는 거의 없었던 것이다.

그러나 그것 때문에 카프카를 처음 보았던 때를 정확하게 기억하는 것은 아니었다. 처음엔 그 책 대출 카드에 경쟁하듯 이름을 올린 다른 친구들을 비아냥거리듯 적은 말 때문이었지만, 그로부터 일주일도 지나지 않아 스스로 벌레처럼 무참하게 깨지고 말았던 일이 있었다.

그 일은 서울에서 대학을 다니던 형이 학기 중에 짐을 꾸려 내려온 것으로부터 시작되었다. 그는 형과 아버지 사이에서 '대학 교문 앞에까지 밀고 온 탱크', '휴교령', '국회 해산' 같은 말들을 들었다. 무슨 일인지 그보다 다섯 살이 많은 형은 불만이 가득한 얼굴이었고, 아버지는 조심스럽게 그런 형을 달래고 있었다. 그러면서 자연스럽게 듣게 된 말이 '시월유신'이었다. 그때까지 그가 알고 있던 유신은 김유신밖에 없었다.

"그러니까 그게 일본의 메이지유신이라고, 그 말을 본떠서 붙인 말일 게다. 요즘 세상 돌아가는 게 나라 안팎으로 어지럽고 하니까."

"어지럽기는요. 헌법 바꿔 세 번 대통령 하는 것도 부족해 이제 자기 죽을 때까지 만년 총통제로 가자는 거지요."

"그렇다 하더라도 너는 그런 일에 나서지 마라. 집안 생각하고, 네 일신의 앞날을 생각해서라도."

그때 아버지는 더 올라갈 자리도 없는 시골 부면장 직에 앉아 있었다.

"그런데 그게 일본에서 온 말이에요? 유신이라는 게."

"원전이야 중국 어느 경經에서 따온 말이겠지만, 많이 알려진 건, 일본 천황 메이지가 에도 때부터 내려오던 도쿠가와 막부를 밀어 버리고 자기 친정 체제로 나라를 통일할 때 유신이라고 했을 때부터일 거야. 한자로 쓰면 '벼리 유'라고도 하고 '오직 유'라고도 하는 이 글자에 '새 신' 자를 써서 말이지."

"하여간 그런 데까지 일본군 장교 티를 낸다니까요."

"나가선 그런 말 함부로 하지 마라. 앞으로 세상도 많이 바뀔 거 같고."

그러면서 아버지는 형 앞에 명치유신明治維新이라고 써 보였다. 처음 듣는 말이어도 국어시간에 한자 공부를 하는 그로서는 그렇게 어려운 글자들이 아니었다. 평소 그런 얘기에 관심도 없는 작은아들이 그 글자를 자세히 들여다보자 기특했는지 아버지는 '벼리 유'를 '실 사' 변에 '새 추'를 쓰는 글자라고 다시 한 번 일러 주었다. '새 신' 자는 신문 할 때 그 신 자고. 아마 그래서 더 그 글자들을 한 번 보는 것만으로도 확실하게 익혔는지 모른다. 무슨 내용인지는 모르지만 지금 대통령이 세 번 해 먹는 것만으로는 부족해 형 말대로 죽을 때까지 해 먹으려고 국회를 해산하고 대학을 문 닫고 한 것만은 틀림없는 일 같았다.

일은 다음 날 공민시간에 터졌다. 아직 나이가 서른 살도 되지 않은(아마 스물여섯이나 일곱쯤 되었을 것이다) 공민선생이기도 한 담임이 칠판에 '시월유신'이라고 쓰고, 아직 투표권도 없는 학생들에게 왜 대통령이 그런 조치를 내린 것인지에 대해 설명했다. 담임선생은 당시 국제 정세와 국내 정치 상황에 대해 무엇인가를 한참 설명하다가 그러면 이것을 왜 시월유신이라고 하느냐, 그것은 국민에게 믿음을 주기 위해서라고 말했다. 그러면서 칠판에 먼저 쓴 '시월유신' 옆에 다시 '十月有信'이라고 적었다.

"그런데 이걸 왜 한자로 안 쓰고, 그냥 한글로만 시월유신이라고 쓰느냐? 그건 한자가 아닌 우리말로 이 시월유신의 자주성을 강조하기 위해서이다. 무슨 말인지 알겠나?"

먼저 아버지의 말을 듣지 않았다면 아무 일도 없었을 것이며, 그로서도 당연히 그렇게 생각했을 것이다. 또 담임선생이 시월유신의 뜻풀이를 박정희 대통령이 국민에게 주는 믿음, 국민에 대한 믿음, 하는 식으로 자꾸 믿음만 강조해 되풀이하지 않았다면 그도 굳이 손을 들고 나서지 않았을 것이다. 거기에 형에게 들은 것과는, 그래서 그도 이미 속내를 뻔히 짐작하고 있는 것과는 너무도 다른 얘기를, 위에서 시켜서 하는 것이면 위에서 시켜서 하는 것답지 않게 너무도 열을 올려서 말하는 젊은 선생에 대한 반감도 어느 정도 작용했을 것이다. 그는 왠지 그 모습이 바로 얼마 전에 읽은 카프카의 소설 속에 나오는 한 마리의 커다란 벌레의 모습처럼 보였다.

"저, 선생님."

"뭐야?"

"시월유신 한자가 그 유신이 아닌 것 같습니다. 믿음이 있다는 유신이요."

"아니긴 뭐가 아니야, 인마. 그럼 김유신의 그 유신이냐?"

"그것도 아닙니다. 일본의 명치유신이라고 거기에서 나온 건데……."

"뭐 일본? 웃기고 있네. 일본이 거기에서 왜 나오나, 일본이? 이제 우리 실정에 맞게 자주적으로 외교도 하고 정치도 하자는데."

"그래도 그건 아닌 거 같습니다."

"그래? 그럼 어디 네가 맞다고 생각하는 거 나와서 한번 써 봐라. 그건 또 어떤 유신인지."

그는 쭈뼛쭈뼛 칠판 앞으로 나가 어제 배운 대로 '十月維新'이라고 적었다.

"이 유신은 무슨 뜻인데?"

"그건 잘 모르겠습니다."

"모르면 들어가 앉아 있어, 인마. 말도 안 되는 글자 써 놓고 우기지 말고."

바로 그때였다.

"임 선생."

복도에서 통째로 유리창이 깨어져 나간 창문을 통해 교장선생님이 담임선생을 불렀다.

"아이 말이 맞아. '벼리 유' 자에 '새 신' 자를 쓰는 게. 명치유신에서 따온 말이라는 것도 맞고."

그가 손을 든 것이며, 며칠 전 깨어져 나간 유리창이며, 그 시간 교장 선생님이 복도를 지나가다 빈 창문으로 교실을 들여다본 것이며, 또 나중에 교무실에서 조용히 지적해 줄 수 있는 것을 학생들 앞에서 바로 지적한 것까지 모든 게 담임선생을 망신 주기 위해 절묘하게 시간을 맞춰 일어난 일 같았다. 그러나 다른 것은 몰라도 교장 선생의 한자 지적이나 고사성어 지적은 전에도 가끔씩 있던 일이었다. 때로는 국어시간 교실 옆을 지나다가 문을 두드리고 들어와 칠판에 잘못 쓰인 한자를 지적하기도 하고, 순서를 잘못 쓴 획순을 지적하기도 했다. '박 주사'라는 별명 그대로 어느 경우에도 악의는 없었다. 지적받은 선생들도 다들 머리 한 번 긁적인 다음 웃고 지나갔다. 그러나 이번엔 경우가 달랐다. 담임선생의 얼굴이 벌겋게 달아올랐다.

"야 이 새끼야, 너 나와."

그는 다시 앞으로 나갔고, 담임선생은 자신의 시계를 풀었다.

"너는 내가, 너는 맞게 쓰고 나는 틀리게 써서 이런다고 생각할지 모르지만 그래서 그러는 건 아니야, 이 새끼야. 너, 교장 선생님 지나가는 거 보고 손을 든 거지?"

"아닙니다. 몰랐습니다."

"웃기지 마, 이 새끼야. 그럼 왜 처음부터 손을 안 들었어? 처음 내가 잘못 썼을 때부터."

"그건……."

그다음 대답할 말이 없었다. 자꾸 틀리게 말하기에 손을 들었다고 할 수도 없는 일이었다.

"쥐새끼 같은 새끼!"

그러곤 바로 얼굴에 손이 올라왔다.

"너, 교장 선생님 지나가는 거 보고 손 든 거 맞지?"

"아닙니다."

"뭐가 아니야? 이 새끼가 이제 거짓말까지 해?"

다시 왼쪽 뺨을 향해 손이 올라왔다.

"교장 선생님 지나가는 거 보고 손 든 거 맞지?"

"아닙니다."

"그래? 그럼 다시 묻지. 맞아, 아니야?"

"아닙니다."

"이게 아직 맛을 덜 봤군. 맞아, 아니야?"

"아닙니다."

그때마다 한 차례씩 손이 올라왔다. 아마 수업이 끝날 때까지 20분은 더 그랬을 것이다. 처음엔 사실이 아니니까 아니라고 말했고, 어느 만큼 맞고 나자 그때부터는 얼굴이 부어올랐다는 것만 알지 맞고 있다는 감각조차 잃어버려 여기서 지면 안 된다는 오기로 버티기 시작했다. 더욱 운이 나빴던 것은 그것이 그날 수업의 마지막 시간이라는 점이었다. 수업 끝종이 울린 다음에도 담임선생은 '맞아, 아니야?'로 교실 이쪽 끝에서 저쪽 끝으로 그의 몸을 밀고 나가듯 연신 손을 올려붙였다. 한 번 손이 나올 때마다 자리에 앉아 있는 아이들도 함께 얼굴을 찡그리며 그의 입에서 '맞습니다'가 나오길 기다리고 있는 것 같았다. 처음엔 자신을 때리는 선생이 벌레처럼 보였는데, 나중엔 선생에게 그렇게 무차별하게 당하는 자신이 벌레처럼 느껴지기 시작했다. 그러나 그는 끝내 '맞습니다' 소리를 하지 않았다. 몇 번인가 그렇게 대답하고 싶은 유혹을 느끼긴 했지만 그 대답을 해 버리면 이제까지 맞은 건 아무 소용없이 그 대답을 하는 순간 정말 자신이 한 마리의 벌레로 교실 바닥에 나뒹굴 것만 같았다.

"내가 이까짓 선생질을 그만두더라도 이 새끼 거짓말하는 버릇 하나만은 확실하게 고쳐 놓을 거니까. 맞아, 아니야?"

"아닙니다."

무방비 상태에서 몸을 내맡기면서도 그는 이다음 자신은 어른이 되면 저런 벌레 같은 인간만은 되지 말자고 다짐하고 또 다짐했다.

"독종 같은 새끼. 끝내 바른말 하지 않지?"

"아닙니다."

얼굴이 찢어진 것처럼 그의 코와 입에서 피가 흘러나온 다음에야 담임선생은 손을 멈췄다. 그제야 그는 바닥에 쥐새끼를 닮은 벌레처럼 나동그라졌다.

그러나 거기에서 일이 끝난 것이 아니었다. 결국 벌레 같은 담임선생에게 당한 것은 그가 아니라 아버지였던 것이다. 다음 날 그는 시퍼렇게 멍이 든 채 얼굴이 부어올라 결석을 했고, 아버지가 학교로 찾아갔다. 아버지는 교장 선생을 만나고, 또 담임선생한테 사과를 받은 다음 더 이상 일을 확대하지 않고 그 정도의 선에서 끝내기로 했다고 말했다. 그는 이틀 더 결석을 했다. 그가 다시 학교로 나가자 담임선생은 그날 종례시간 저런 웃음이 바로 경멸이지 싶은 얼굴로 그를 향해 피식피식 웃더니 그에게 직접도 아니고 반장을 통해 약값 만 원을 건네주게 하고는 바로 퇴근을 해 버렸다. 그로서는 받을 수 없는 돈이었지만, 반장이 교문까지 따라 나오며 그 돈을 억지로 그의 주머니에 넣어 주어 집에 가져오지 않을 수 없었다. 그러나 그 말을 어른들에게 할 수가 없었다. 아버지가 낮에 면사무소에서 바로 시내 경찰서로 끌려간 다음 밤이 되도록 집에 돌아오지 않고 있었다. 그래서 담임선생이 준 돈 얘기를 누구에게도 하지 못했다. 다음 날 저녁에야 누구에겐가 몹시 시달린 얼굴로 돌아온 아버지는 두 아들을 앉혀 놓고 세상 일이 얼마나 무서우며 또 조심스럽게 살아야 하는가에 대해서 말했다. 형이 분개했지만, 아버지는 그러면 그럴수록 일이 더 커지며 그 화가 다시 아버지에게 직접 미치는 일이라며 형을 주저앉혔다. 그리고 조용히 그에게 물었다.

"그 벌거지 같은 놈 앞에서 명치유신 얘기까지 했더나?"

"예."

"됐다. 아무것도 모르고 한 말이겠지만 그 말은 하지 않았으면 좋았을걸."

아버지는 다음 날 면사무소에서 아버지의 사물을 챙겨 왔다. 아니, 아버지는 도장만 보내고 짐은 면사무소의 사환이 챙겨 왔다고 했다. 억울하긴 하지만 일이 그 정도에서 끝날 수 있었던 것도 나중에 보니 뒷골이 서늘할 만큼 다행스러운 일이었다. 이제 겨우 중학교 3학년짜리 아들의 입에서 나온 '명치유신'이라는 말만으로도 아버지는 계엄령하에 대통령의 시월유신 조치 비방자로 몰릴 뻔했던 것이었다.

"너희들은 양지에 살아라, 늘 조심하고……. 인생, 음지 안 밟고 사는 게 복이다."

돌아보면 그로서는 다시 떠올리고 싶지 않은 어둡고도 가슴 답답한, 어떤 벌레와의 악연이었다. 그런데 그 소리를 다시 얼굴도 모르는 어떤 여자로부터 들은 것이었다.

*

다음 날 여자한테서 다시 메일이 왔다.

뜻밖에 답신을 받게 되어 조금은 어리둥절합니다. 사실 어제 메일을 보낸 다음 그런 메일이 서로 세상에 대한 생각이 다른 분에게 무슨 소용이 있을까, 삭제하지 않고 읽는다 하더라도 괜히 쓸데없는 일을 한 것처럼 마음이 불편했습니다. 상대를 지목하곤 자신은 비겁하게 보이지 않는 곳에 숨어 욕을 한 것처럼요.

카프카에 대한 제 이야기는 다음에 다시 그런 기회가 주어지면 그때 용기를 내 해 보도록 하겠습니다. 오늘은 '도라 디아만트'에 대해서만 이야기할게요.

연보를 보면 카프카는 유태 상인의 아들로 태어났으나 유태교도도 아니고, 그렇다고 기독교인도 아니었답니다. 독일어를 사용했지만 독일인도 아니고, 프라하에서 태어났으나 체코인도 아니구요. 말년엔 제대로 먹지도 못한 채 결핵을 앓아야 했고, 글을 쓸 때 불을 켤 램프조차 아쉬운 가난 속에 결핵 요양원에 실려 가 어느 한 여인의 보살핌을 받은 것이 임종 직전 아주 잠깐 동안의 행복이었답니다. 출생도 그렇고 삶도 그렇고, 그녀에게 자신의 모든 원고를 '읽지 말고 남김없이 불태우라'고 말하고 생을 마감한 것도 참 카프카 같지요.

제가 어제 님에게 메일을 보내며 사칭한 '도라 디아만트'가 바로 그 여인이랍니다.

사실 저는 어린 시절, 카프카처럼 결핵을 앓다가 저세상으로 떠난 제 오빠에게 그레테 같은 동생이었지요. 님은 우리가 서로 세상에 대한 생각은 다르다 할지라도 어쩌면 카프카에 대해 저마다 특이하면서도 비슷한 경험을 가지고 있을지도 모르겠다고 하셨는데, 그런 님의 경험은 어떤 것인지 모르지만, 저는 그 이야기를 하자면 어제 님에게 메일을 보낼 때보다 더 많은 용기가 필요할지 몰라요.

참, 내일 저녁, 그곳으로 나갈 것 같습니다. 제 손에 작은 촛불 하나 들고. 님의 메일까지 받았으니 그곳에서 전과는 조금 다른 기분으로 님이 일하는 신문사를 바라보게 되겠지요. 그곳을 밝히는 많은 촛불 가운데 제 촛불 하나가 있을 겁니다.

-그레고르의 누이 그레테

그는 커서를 '답장'으로 옮겨 가볍게 집게손가락을 누른

다음 어제처럼 다시 짧게 답신을 썼다.

'도라 디아만트'의 이야기 감사합니다. 그리고 그 이야기를 다 하자면 더 많은 용기가 필요하다고 하신 '어린 그레테 시절'에 대하여 운을 떼어 주신 것도 감사합니다. 언제 그 이야기를 서로 나누어 듣고 싶다는 생각을 하면서도, 나도 과연 '어린 그레고르의 시절'을 님에게 제대로 말할 수 있을까 생각하니 선뜻 용기가 나지 않는군요. 저도 지금의 삶과는 다른, 서로 짐작 못 할 특별한 한 시절이 있었다는 뜻입니다.

그리고 오늘 저녁, 춥지 않게 옷 단단히 입고 나오시길 바랍니다. 밖에 나가 보니 날씨가 여간 춥지 않습니다.

*

저녁이 되자 신문사 앞 광장은 온통 일회용 컵으로 양초를 감싼 촛불들의 바다를 이루고 있었다. 미군 탱크에 목숨을 잃은 두 여중생을 추모하는 시민 시위대의 모임이었다. 몇 만 명이 들고 있는 것인지도 모르게 촛불이 광장을 가득 메우고 있었다. 그 시간 그는 시위대의 촛불 물결이 바로 내려다보이는 사무실 안에 있었다. 시민 시위대들은 누군가의 선창에 따라 구호를 외치고 물결처럼 촛불을 흔들었다. 그 사건에 대해 발생 초기부터 대부분의 신문들이 지면에 인색했던 것이 사실이지만 그중에서도 이쪽 신문이 제일 인색했었다. 대통령 선거와 맞물려 이삼 일이 멀다 하고 시민들이 촛불을 들고 광장으로 나서자 뒤늦게야 거기에 대해 이런 식으로 문제 제기를 해서도 안 되며 문제 해결의 옳은 방법도 아니라는 식의 말만 해 왔던 것이다.

"저런 벌레 같은 것들. 저것들이 다 저쪽 표라구. 추모 시위 좋아하네. 저게 다 불법 선거 운동이지. 반미를 해서 죄들이 어쩌겠다는 거야? 빨갱이 같은 놈들."

거리가 가장 잘 내다보이는 그의 방으로 온 한 선배 논설위원이 창밖의 촛불을 바라보며 말했다.

"오늘은 엄청난데요. 숫자가."

"벌레 같은 놈들."

"이쪽에서 보면 저쪽이 벌레 같고, 그러면 저쪽에서 볼 때 이쪽은 어떨까요?"

"어떻긴 뭘 어때? 불법 시위하고 불법 선거 운동하는 놈들인데."

그러다 밤이 깊어 해산 직전 신문사 건물을 향해 계란이 날아오기 시작했다. 선배 논설위원의 말대로 창밖 쪽의 벌레들이 이쪽을 향해 뿜어 대는 배 속의 진액이거나 똥처럼 창문까지 날아온 계란들이 유리창에 터져 달라붙고, 또 미끄러지듯 아래로 흘러내리기 시작했다. 몇 개인지 개수도 셀 수 없는 계란이 그렇게 신문사 건물을 향해 날아오고 있었다. 그들이 보면 이 건물이 바로 벌레들의 성채처럼 보일 것이다. 또 그래서 저렇게 이쪽을 향해 돌을 던지듯 계란을 던질 것이다.

그는 문득 저 많은 촛불 가운데 자신에게 메일을 보냈던 카프카의 여인이 들고 있는 촛불은 어느 것일까 생각했다. 왠지 아득한 느낌 속에서도 그는 그녀의 촛불이 그녀의 언 몸 전체를 다 녹일 만큼 밝고 따뜻했으면 좋겠다는 생각을 했다.

그 밤, 그렇게 유리창 안과 밖에서 한 벌레가 다른 한 벌레를 서로 바라보고 있었다.

이 작품은 2009년에 출간한 이순원 소설집 『첫눈』에 수록된 「카프카의 여인」을 일부 수정하여 재수록한 것입니다.

촛불은 평화와 민주 시민의 기본권의 상징입니다

촛불집회는 시민들이 광장 등에서 촛불을 들고 벌이는 집회를 말합니다. 촛불에 밝힌 소망 그대로 비폭력 평화 시위의 상징이며 어두운 밤에 많은 사람들이 촛불을 들고 있는 모습 때문에 시각적 효과가 크지요. 낮에 저마다 직장에서 일을 하던 시민들이 하루 일과를 끝내고 집회에 참여할 수 있어 참여도 또한 높습니다. 저마다 가슴 앞에 작은 촛불을 하나씩 들고 있다는 점에서 시위가 아니라 축제에 참가하고 있는 듯한 느낌마저 듭니다.

물론 예전에도 있었던 집회입니다. 이런 촛불시위가 자발적 참여 속에 대중화된 것은 1989년에 일어난 슬로바키아 독립 요구 촛불집회 때부터였습니다. 당시 슬로바키아 사람들은 체코로부터 독립하기 위해 체코의 수도인 프라하와 지금 슬로바키아의 수도인 브라티슬라바 지역에 몰려와 독립을 요구하는 촛불집회를 벌였습니다.

우리나라에서 처음 촛불집회가 있었던 것은 언제였을까요? 우리는 근래의 일인 줄 알지만 꽤 역사가 깊습니다. 기록에 보면 1987년 6월 항쟁 때 이미 촛불집회가 등장했다고 합니다. 당시 부산에서 독재타도

호헌철폐를 외치는 촛불시위대가 전경에 맞섰다고 합니다.

우리가 잘 알고 있는 촛불시위는 2002년에 미군 장갑차에 어린 소녀 미선·효순 양이 목숨을 잃는 사건이 발생했을 때였습니다. 그때 우리나라의 거의 모든 보수신문들은 이 사건에 침묵했습니다. 이런 일이 있을 때 그들은 늘 '국익'을 말합니다. 어린 두 소녀의 죽음에 대해 아무 말 하지 않고 침묵해서 얻을 수 있는 국익이라면 그 국익이 대체 어느 나라 국민을 위한 이익이라는 것일까요?

이때 한 네티즌이 인터넷 시민신문을 통해 억울하게 목숨을 잃은 두 소녀의 영혼을 위로하고 또 이런 사건이 있었다는 것을 널리 알리기 위해 서울시청 광장에서 추모의 촛불을 켜자는 제안을 했습니다. 그때 정말 엄청났지요. 많은 사람들이 촛불을 들고 서울시청 광장에 모이고 광화문에 모였습니다. 미선과 효순에 대해서 단 한 줄의 기사도 쓰지 않던 보수언론들이 이제는 촛불을 공격하기 위해 두 소녀의 죽음에 대해 말했습니다. 그리고 그들은 여전히 국익에 대해서 말했고, 마침 그때 대통령 선거가 있던 때여서 두 소녀의 죽음을 위로하기 위한 촛불집회 역시 위장한 선거 운동으로 바라보았습니다. 어쨌거나 정말 대단한 일들이 우리 눈앞에 펼쳐졌던 것입니다.

이 소설은 바로 미선과 효순, 두 소녀의 죽음을 추모하기 위하여 광화문에서 벌어졌던 촛불집회를 배경으로 하고 있습니다. 무대 역시 광화문이지요. 어떤 신문사 건물 안에 한 남자가 있고, 그 남자가 바라보는 광장에 촛불을 든 한 여자가 있습니다.

그들은 정말 이쪽 끝과 저쪽 끝에 선 사람들일까요? 그 이야기를 하고 싶었습니다. 직선으로 보자면 서로 끝과 끝인 듯해도 그 직선을 부드럽게 구부려 원으로 만들면 같은 자리에 선 사람들일 수도 있고, 언제 어디서나 만날 수 있는 사람들입니다.

미군 장갑차에 억울한 죽음을 당한 미선과 효순 추모 집회 이후에도 자주 촛불이 집단적으로 켜지곤 했습니다. 2004년 노무현 대통령 탄핵 반대를 위한 집회 때는 정말 엄청나게 많은 사람들이 참여했습니다.

그리고 2008년 한미 쇠고기 협상문제로 또 한 번 서울시청 광장과 청계천 일대에 연일 촛불이 켜졌는데, 이때는 어른들보다는 중·고등학교에 다니는 청소년들이 먼저 붉을 밝히기 시작해 어른들이 여기에 합류했습니다. 나는 그동안 우리나라에서 열린 촛불집회 가운데 이때의 집회가 가장 새로운 양상으로 의미가 있었다고 생각합니다. 그건 바로 어른이 아닌 이 땅의 청소년들이 자신들의 생각을 광장에 나와 발표하고 어른들의 동조를 이끌어 낸 촛불집회였기 때문입니다.

이후 대학생들이 주도한, 2011년 5월 반값 등록금 공약 논란으로 인한 촛불집회가 있었고, 2013년 6월부터 국가정보원의 대통령 선거 여론조작의혹 규명을 촉구하는 촛불집회가 열리고 있습니다.

어떻게 보면 우리나라에서는 촛불집회를 진보 진영이나 민주 진영에서만 주로 연 것처럼 보이지만 수구 보수 진영에서도 촛불집회를 열기도 했습니다. 참여정부 당시에 사학법 개정 반대를 위해 후일 대통령이 된 이명박 전 대통령과 박근혜 대통령도 촛불을 들고 거리로 나와 구호를 외쳤습니다.

어느 쪽이든 촛불은 민주적이며 평화적 집회의 상징입니다. 또한

민주국가라면 누구라도 보장받아야 하는 시민의 권리이기도 합니다.

촛불은 평화의 상징이며 민주의 상징이고 시민 기본권의 상징입니다.

이 작품은 그런 의미에서 쓴 작품입니다.

● 이순원

추천의 글

소설을 통해 만나는 생생한 역사 현장

류원정

청소년의 눈높이에 맞춰 역사를 테마로 한 소설이 나온 것을 보고 반가웠다. 내면을 돌아보는 것에서 자신을 둘러싼 외부 세계로 관심의 폭을 넓혀 나가는 청소년들에게 독서를 통해 역사의식을 키워 나가도록 하는 것은 중요하다. 청소년들이 세상일을 어떻게 바라볼 것인지를 생각할 때 청소년을 위한 역사소설이 올바른 방향을 찾아가게 하는 길잡이가 될 것이라고 생각한다.

『벌레들』에 수록된 동학에서 광화문 촛불까지 우리나라 근현대사의 중요한 순간들은 한 편의 소설로 읽으니 보다 쉽게 이해하고 공감할 수 있고 역사의 단면을 깊숙이 들여다보게 한다. 기록보다 구체적인 상황과 인물의 묘사는 역사 속 사건 현장에 있는 듯 생생하다. 역사적 사건을 자신이

겪는 일로 상상하고 역사 속 인물의 입장이 되어 볼 수 있다. 그러면서 힘겨운 시대를 살아간 이들에 대한 연민과 역사적 울분을 느끼게 된다. 이를 통해 청소년기의 예민한 자아는 역사와 정면으로 마주하게 될 것이다.

「동몽군」에서 '사람이 하늘이다'를 외치던 동학은 착취와 가난에 시달리던 민중들에겐 단비 같은 존재였다. 그러나 사교로 지목되어 처참하게 최후를 맞았고 나라를 지키고자 했던 많은 사람들이 희생되었다. 그들의 행동을 정치적 명분과 당시의 봉건 질서에 기대어 재단하고 판단한 사람들에 대해 생각해 볼 수 있다. 누군가의 행동을 판단할 때는 무엇이 기준이 되어야 하는지 고민하게 되는 작품이다.

「빼앗긴 죽음」의 주인공이자 실존 인물인 김지섭 선생은 나라를 위해서는 죽음도 두려워하지 않고 일제에 당당히 맞선다. 친일파들이 온갖 부귀영화를 누리고 있을 때 조국의 독립에 목숨을 건 이는 단돈 1원 때문에 전전긍긍한다. 독립운동의 눈물겨운 이야기를 통해서 일제강점기에 끝까지 나라만을 생각한 어른들을 생각하게 될 것이다.

「손님」은 억울한 죽음들과 그로 인한 상처를 평생 안고 살아가는 사람들의 이야기이다. '제주4·3'을 겪은 사람들의 이야기는 믿기 힘들지만 실제 있었던 일이다. 왜 이렇게 많은 이들을 죽였는지, 사람을 죽이는 것에서 죄책감을 느끼지는 않았는지 진심으로 고민하게 된다.

「어느 물푸레나무의 기억」은 나무의 시선으로 바라본 세상의 일을 그리고 있다. 당시 잔혹하고 처참했던 상황을 생생하게 보여 주는 소설을 읽으며 왜 이렇게 많은 사람의 목숨을 빼앗았는지 분노하게 된다. 전쟁 때 곳곳에서 이루어진 양민 학살은 한꺼번에 많은 이들의 삶을 빼앗는다. 많은 사람들이 세상에서 가장 억울한 죽음을 맞게 했던 '국민보도연맹' 사건을 다룬 이 소설을 통해 전쟁의 잔혹함과 평화의 소중함을 생각하게 된다.

「돼지 아빠」는 부마민주항쟁 때 독재 정치에 반대하다가 모진 고문을 당하고 그 후유증 때문에 온전한 삶을 살 수 없었던 사람들의 이야기이다. 정의를 위해 자신의 신념을 굽히지 않았던 사람들의 이야기를 통해서 나라면 어떻게 할 것인지 질문하게 한다.

「붉고 푸른 못」은 폭력을 폭력으로 다스리려고 했던 '삼청교육대'와 폭력에 폭력으로 맞서는 요즘의 세태를 교차시킴으로써 그 본질이 다르지 않음을 보여 준다. 무자비한 징벌과 심판 속에서 억울하게 끌려가 고초를 당한 사람들도 있음을 생각해야 하며, 폭력으로 폭력을 멈출 수 있는가를 생각해야 한다.

「벌레들」은 촛불 집회를 바라보는 두 개의 시선을 보여 준다. 카프카의 「변신」의 일부를 인용하며, 서로가 서로에게 벌레로 보이게 되는 상황을 설명한다. 세상을 옳고 그름에 따라 판단하는 것이 아니라 주도권을 가진 자들이 자신들의 생각만 옳다고 주장하는 현실, 그런 완강함으로 상식에 기초한 판단까지도 인정하지 않는 현실을 그려 보인다. 자신과 다른 생각은 벌레 보듯 하는 사람들의 이야기를 통해서 다른 사람의 입장에서 생각해 보는 태도와 다른 사람의 이야기를 들어 주는 열린 마음의 필요성을 생각하게 한다.

동학에서 광화문 촛불까지 우리의 근·현대사를 일곱 편의 단편소설로 읽음으로써 역사적 사건을 다양한 관점에서 바라보게 될 것이다. 또한 시대가 나와 무관하지 않음을, 어느 시대 누군가의 선택이 지금의 나에게도 영향을 주고 있음을 알게 될 것이다. 이를 통해 지금의 현실을 객관적으로 바라보고 주체적으로 판단할 수 있기를 바라며 이 책을 많은 청소년들에게 추천한다.

● 류원정

천안 오성고등학교 국어 교사

그들의 가슴에서 비어져 나온 말

임미진

백 씨의 가슴에서 툭 대못이 불거져 나왔다. 붉고 푸른 못. 가슴속
에 박힌 채 붉고 푸르게 녹슬어 가던 못이 가슴팍을 뚫고 비어져 나
왔다. (이시백,「붉고 푸른 못」)

얼마 전에 소설가 공선옥의 『그 노래는 어디서 왔을까』
를 읽었습니다. 그 소설은, 새마을운동이 한창 실시되던 무
렵, 공동체의 삶이 급속하게 무너져 가는 농촌에서 힘없이
재산을 빼앗기고 몸도 유린당하는 사람들의 모습과 1980년
광주학살이 일어난 뒤에 그 충격을 견디지 못하여 정신을
놓아 버린 채 살아가는 사람들의 모습을 보여 주고 있습니
다. 그 소설에서 국가는 물론 주변 사람들에게까지 버림받
은 이들은 '키욱키욱파파라파휴우라', '아바아바사용기샹가

바' 같은 알 수 없는 소리를 내고 알 수 없는 노래를 부릅니다. 세상의 '말'로는 자신의 마음을, 고통을 더 이상 표현할 수 없기 때문이고 사람들의 '말'이 더 이상 진실을 드러내지 않기 때문이었습니다.

이 '역사테마소설집'은 조선 말의 동학부터 최근의 촛불집회까지의 이야기를 담고 있습니다. 이야기라기엔 너무나 사실적이어서 고통스럽고 불편한 글들입니다. 재밌지도 않고 지금의 나의 삶과는 직접적 연관도 없어 보이는 지나간 '사건'들을 굳이 '이야기'로 읽어야 되는 이유는 무엇일까요? 아니 이런 과거의 '사건'들이 계속 '이야기'로 쓰여야 될 이유가 있을까요?

「붉고 푸른 못」에서 백 씨는 어떤 사건으로 아들의 학교를 방문했다가 "가슴속에 박힌 채 붉고 푸르게 녹슬어 가던 못이 가슴팍을 뚫고 비어져 나"오는 것 같은 경험을 하게 됩니다. 그 '붉고 푸른 못'은 과거에 겪은 일로 생긴 것인데 그것이 백 씨의 가슴속에서 뽑히지 못하고 박혀서 녹슬어 가고 있었던 것입니다. 그리고 백 씨는 자신이 겪은 그 말도 안 되는 일이 지금도 형태만 바꾸어서 이어지고 있는 것을 보고 놀라움과 함께 통증을 느끼게 됩니다.

다른 듯 닮은 이야기

나는 사람들이 나무를 하거나 논밭에서 일하는 모습은 자주 보았
지만 이렇게 이상한 짓도 하는 줄은 몰랐다. (최용탁, 「어느 물푸레
나무의 기억」)

"사람은 태어남에 있어 차별이 있을 수 없고 사람이라면
어느 누구를 막론하고 사람답게 살 권리가 있다."

「동몽군」(강기희)에서 동몽군 무창과 연희가 옥에 갇혀서
까지 지키려던 생각은 너무나 당연하게 여겨져야 할 바로
이것이었습니다. 그러나 이미 임금이 임금 노릇을, 신하가
신하 노릇을 포기한 조선에서 그들은 심문조차, 앞장서서
백성들을 착취하고 왜적과 손을 잡은 최만술과 같은 아전
에게 받습니다. 최만술은 달궈진 쇳덩이로 몸을 지지는 등
끔찍한 방법으로 무창을 고문하며, 무창의 약혼녀인 연희를
무창의 앞에서 성적으로 농락합니다.

의열단원 김지섭(이성아, 「빼앗긴 죽음」)이 동경의 제국의
회에 폭탄을 터뜨리러 간 것도 일본 관동대지진 사건 때 자
기 나라 국민들의 흉흉한 민심을 수습하려고 일본 정부가
조선인들이 우물에 독약을 탔다는 등의 유언비어를 퍼뜨려
교포 수천 명이 학살당하자 더 이상 참을 수가 없었기 때문

입니다. 그러나 그는 폭탄 불발로 임무를 완성하지 못하고 일본 순경에게 잡혀 "사람의 영혼을 송두리째 짓밟는 고문"을 당하게 됩니다. 그가 목숨을 내걸고 독립을 주장하는 이유는 조선 민중들의 "교육은 말살되고 동양척식회사의 수탈과 횡포로 삶은 철저히 짓밟히고" 있어서였지만 그 역시 그런 상황의 원인이 되는 일본의 법정에서 불공평한 재판과 고문을 받습니다.

"동네 사람들에게 '돼지 아빠'로 불리는 벙어리에 머리가 하얀 늙은 바보"인 아영의 삼촌(신혜진, 「돼지아빠」) 또한 마찬가지입니다. 그는 원래 부산대 법대 장학생으로 입학할 정도로 똑똑한 학생이었는데, 부마항쟁 때 '유신철폐, 독재 타도'를 외치다 끌려갔다 온 뒤 사람과 눈 마주치는 것조차 두려워하고 때로는 뉴스를 보며 발작처럼 분노를 표출하는 바보가 되어 버렸습니다.

모두 다 다른 시대에 일어난 일들인데 묘하게도 비슷해 보이는 부분이 있습니다. 그들의 주장이 너무나 기본적인 '인간적인 삶의 보장'이라는 점에서, 그들을 심판하는 사람이 그들의 '인간다운 삶'을 파괴하는 집단이라는 점에서입니다.

한편 이 단편집에서는 그와는 좀 다르게, 어느 날 이유도 모른 채 끌려가서 죽임을 당하거나 거의 죽음의 문턱까지 이르게 된 사람들의 얘기도 나오는데 「손님」, 「어느 물푸레나무의 기억」, 「붉고 푸른 못」에 나오는 인물들이 그렇습니다.

「손님」(홍명진)에서 '나(해미)'의 어머니는 큰아버지가 돌아가셨다는 이야기를 듣고도 고향인 제주도에 내려가지 않아 아버지와 갈등을 겪어 왔지만 이번 제사에도 내려가지 않겠다고 합니다. 바로 예전에 고향에서 겪은 어떤 일로 부모 형제를 다 잃고 혼자만 살아남았기 때문입니다. 아버지 역시 그때 산에 들어가 쫓겨 다니다 겨우 살아남았습니다. 그 상처로 그들은 고향을 버리고 먼 동해안 지방으로 이사 왔지만 지금도 물질을 하는 어머니는 바닷속으로 들어가야만 숨이 쉬어진다고 합니다. "바닷속으로 들어가면 이 세상과는 다른 세상을 만난다고. 물속에선 눈물도 안 나고 한숨도 안 난다고" 합니다.

그런데 어머니의 이런 한은 해미가 방문한 제주도의 곳곳에 있어 보입니다. 그곳에서 해미는 먼 친척인 명희를 만나 함께 심부름을 가게 됐는데, 길을 가던 중에 명희는 한 돌무덤 앞에 가더니 "죽창에 찔리고 불에 타고, 총에 맞아 죽은 한이 오죽허우꽈. 아무 죄도 어신 갓난아인 어떵허고, 물허벅 지고 오던 아주망은 어떵 허우꽈. 아이구, 할망, 아이구 할망" 하면서 어떤 노인의 혼을 위로하는 굿을 합니다. 그러면서 심방이었던 명희의 외할망도 외하르방이랑 굿을 다녀오다가 그때 그 일로 인해 죽임을 당했다는 얘기를 해 줍니다. 그 일이 어떤 일인지 모르는 해미는 당연히 전쟁으로 인해 사람들이 죽었을 거라 생각하고 육이오전쟁 때의 일이냐고 묻는데 명희가 해 주는 이야기는 뜻밖입니다. "우리 어멍 말은 육이오전쟁이 일어나기 전에 있었던 일이라고 허여. 육이오전쟁보다 더 무서운 전쟁이었다고 경고란. 죽은 사람들을 뿔 달린 빨갱이라고 해신디, 그럼 죽어분 우리 외할망네가 빨갱이여, 너네 어멍네가 빨갱이여? 집이 강 어멍한테 물어보라"고 합니다. 전쟁도 아닌데 죄도 없는 사람들이 빨갱이로 몰려서 죽었다는 것이죠.

「어느 물푸레나무의 기억」에서도 영문을 모른 채 골짜기에 끌려와서 그들의 '안녕과 치안을 책임진' 경찰에 의해 총살당하는 사람들의 모습이 그려져 있습니다. 죽는 순간까지 자신들의 사상을 입증하기 위해 "이승만 만세! 대한민국 만세!"를 중요한 일이라는 듯 외치는 사람들의 모습은 너무나 적나라해서 비현실적인 느낌마저 듭니다.

그들이 단순히 '연맹'에 가입되어 있다는 이유로 죽이는 경찰이나, 처참하게 죽어 시신이 훼손된 사진을 찍고 남선 괴뢰들의 만행을 규탄하겠다며 살아남은 주민들에게 한 명도 빠짐없이 모이라는 인민군이나, 모두 물푸레나무가 말하는 것처럼 인간들의 '이상한 짓'으로 보입니다. 오직 구더기가 득실거리는 구덩이 속에서 아들을 찾겠다고 시체를 헤집는 노파의 핏빛 어린 눈만이 진실이겠죠.

「붉고 푸른 못」에서 백 씨는 고등학교 시절 담배를 피우고 친구들을 때렸다는 이유로 C급의 사회악으로 분류되어 삼청교육대로 끌려가서 4주간의 순화교육과 2주간의 특별교육을 받게 됩니다. 그곳에는 백 씨 말고도 980명의 학생이 '할당'되어 보내졌고, "저수지 물을 몰래 뽑다가 모내기"를 한 할아버지와 "택시를 운전하던" 길수 아저씨도 "팔뚝에 문신이 새겨졌다는 이유"로 잡혀 왔습니다. 특별교육에서는 "나는 사회의 독버섯이다. 나는 국가와 사회를 좀먹는 암덩이다. 나는 인간이 아니라 짐승이다. 나는 맞아 죽어 마땅한 개새끼다"라는 말들을 외치게 하며 잠도 재우지 않고 매질을 했는데, 매질이 얼마나 독한지 사람들은 매질을 당하기도 전에 사시나무처럼 떨었고 선 채로 오줌을 쌌다고 합니다. 그리고 그런 밤이 지난 날에는 누군가가 목을 매거나 칼로 손목을 그었는데, 춤꾼으로 삼청교육대에 끌려온 창호 아저씨가 연병장에서 주워 온 못을 삼키고 죽은 밤도 그런 밤이었다고 합니다.

정말 이들은 죽어 마땅한 '사회의 독버섯이고 국가와 사회를 좀먹는 암덩이'였을까요? 어떤 이유라야 사람들의 생명권과 인권을 앗아 가는 것이 정당화될 수 있을까요?

그들이 바라는 세상

바닷속으로 들어가면 이 세상과는 다른 세상을 만난다고. 물속에선
눈물도 안 나고 한숨도 안 난다고. (홍명진,「손님」)

백 씨(「붉고 푸른 못」)는, 아들이 용진이란 아이에게 점퍼
를 빼앗기고 마침내 얼굴에 주먹질까지 당하게 되자 더 이
상 참아서는 안 되겠다 여기고 학교를 찾아갑니다. 그러나
학생을 위한다는 명분으로 용진에게 가해지는 학생부장의
체벌과, 그런 학생들은 '특별교육'이라는 명분으로 '빡센 해
병대 유격장'으로 보내진다는 얘기 앞에서 도리어 용진을
용서해 달라고 학생부장에게 부탁하게 됩니다. 자신의 과
거가 생각났기 때문이죠. 학생부장에게 보내는 편지에 쓰
인 "애덜 가슴에 못 박는 일은 하지 말아 주셔유"라는 말은
용진을 위한 부탁이기도 하면서 과거의 잘못된 모습이 반
복되는 것은 막아야겠다는 바람으로 보입니다.
　해미의 어머니(「손님」)가 고향을 떠나 먼 동해안의 바닷가
에서 물질을 하며 가닿고 싶은 또 다른 세상은 어디일까요?
'이리저리 돌아봐도 돌무덤밖에 없는' 제주도가 아닌 '곰보
처럼 얽은 검은 돌로 야트막한 담을 이룬 밭들이 길게 이어
지고 푸르게 일렁거리는 밭에는 팥, 메밀, 지슬(감자)이 자라

며, 흡사 묵힌 거름을 흩뿌려 놓은 것처럼 검은 흙에 검은 돌담의, 삼신할망이 화산재가 묻은 손을 씻지도 않고 막 주물러서 흙이고 바위고 색이 검게 변했다는 신화를 가진 원형 그대로의 제주도'가 아니었을까요? 해미 어머니와 같은 사람들의 상처가 치유될 수 있다면 해미 가족도 더 이상 '손님'으로서가 아니라 '고향'을 찾아서 제주도에 갈 수 있을 것 같습니다.

모진 고문으로 혼절한 무창(「동몽군」)은 연희와 혼례를 올리는 꿈을 꿉니다. 수줍은 듯 고개를 숙이고 있는 연희의 자태는 꽃잎을 막 여는 접시꽃마냥 고왔고, 입가에 머금은 미소는 순하면서도 고혹적이었습니다. 그 모습을 무창은 숨이 멎은 듯 바라보고 있었고 초례청에 모인 사람들은 무창과 연희를 번갈아 바라보며 왁자하게 웃었습니다. 그러나 맑던 하늘에 갑자기 몰려온 먹구름과 거칠게 쏟아지는 흑비에 혼례는 엉망이 되었고 무창은 꿈에서 깼습니다. 그리고 이 꿈의 결말처럼 연희도 죽음을 당하고 무창도 효수형을 당하게 됩니다.

"청춘도 사랑도 행복도 누려 보지"못한 의열단원 김지섭 선생(「빼앗긴 죽음」)이 바라던 삶도 해방된 조국에서 '허리춤에 술병 하나 차고 구름 따라 냇물 따라 서늘한 바람을 찾아 좋은 사람과 술잔을 기울이는' 그런 삶이었고, 아영의 삼촌(「돼지 아빠」)이 바라던 것도 '사람들이 다 같이 잘사는 세상'이라는 소박한 꿈이었는데 그들의 그런 꿈들은 모두 이뤄지지 못했습니다.

그들의 이야기는 전해질 수 있을까

유리창 안과 밖에서 한 벌레가 다른 한 벌레를 서로 바라보고 있었다.(이순원, 「벌레들」)

한 보수신문의 논설위원인 '그'는 어느 날 자신을 '카프카의 여인 도라 디아만트, 혹은 그레테'라고 명명하는 여인에게서 메일을 한 통 받게 됩니다. 이 여인은 카프카의 「변신」이라는 소설의 내용을 이용해 자신의 불안에 대해 얘기하고 있었는데 여기서 '벌레'는 말 그대로 '인간'이 아닌, '인간'에 의해 박멸되어야 될 존재입니다. 자신의 주장을 완강하게 얘기하는 주류들의 주장을 듣다 보면 어느새 자신이 '벌레'로 변해 버리는 느낌이고, 자신이 '꿈꾸는 햇살'에 대한 생각조차 '벌레'와 같은 것으로 여겨진다는 서글픔을 이 여인은 말하고 있었습니다.

그가 이 메일을 무시하지 못하는 이유는 카프카의 「변신」

이 그에게도 잊지 못할 소설로 남아 있어서인데, 중학교 때 "스스로 벌레처럼 무참하게 깨지"는 경험을 했기 때문이었습니다.

한참 계엄령으로 나라가 시끄러울 때 그는 대학생인 형과 아버지의 대화에서 우연히 '시월유신'이 '명치유신'에서 온 말이라는 것을 듣고, 공민선생인 그의 담임이 '시월유신'을 "국민에게 주는 믿음"으로 잘못 해석하자 참다못해 집에서 들은 얘기를 옮깁니다. 마침 지나가던 교장 선생님까지 학생의 말이 옳다고 얘기하자, 담임은 그의 지적이 본인을 일부러 망신 주기 위한 행동이었다 여기고 그의 얼굴이 찢어져 피가 날 때까지 그를 때립니다. 그의 아버지가 담임을 찾아가 사과를 받아 내고 일이 마무리되나 싶었으나, 그 일로 부면장인 그의 아버지는 경찰서로 끌려가 취조를 당하고 직장까지 잃게 되었던 것입니다.

그와, 자신을 '그레테'라고 부르는 여인 사이에 메일이 오간 뒤 그 여인은, 그가 근무하는 신문사 앞에서 저녁에 열리는 촛불집회에 참석할 것이라며 "전과는 조금 다른 기분으로 님이 일하는 신문사를 바라보게" 될 것이라는 얘기를 합니다. 그가 그녀의 이야기를 '들어 줬다'는 것에서 무언가 희망을 본 것이겠죠. 그 역시 촛불시위대를 바라보며 "저런 벌레 같은 것들"이라고 말하는 선배 논설위원의 얘기에, "그들이 보면 이 건물이 바로 벌레들의 성채처럼 보일 것"이라는 생각을 하게 됩니다. 최초로 '상대'의 존재를 인정하고 '상대의 생각'이 무엇인가를 생각해 보는 것이겠죠.

"그 밤, 그렇게 유리창 안과 밖에서 한 벌레가 다른 한 벌레를 서로 바라보고 있었다"라는 이 소설의 결말은 우리에게 어떤 얘기를 건네고 있을까요? 그와 '그레테' 여인은 서로를 바라보는 데서 그치지 않고 서로의 과거를 주고받고 상처를 나눌 수 있을까요? 함께 공동의 가치를 위해 촛불을 들 수 있을까요?

끝나지 않는 이야기

우리가 완벽한 어둠 속으로 들어가기 전까지 이야기는 계속 고쳐질 것이다. 그는 자리에서 일어나 천천히 걸어가기 시작했다. 이제 그가 어디로 가느냐에 따라서 첫 문장은 달라질 것이다. 그는 어둠 속 첫 문장들 속으로 걸어갔다. (김연수, 「웃는 듯 우는 듯, 알렉스, 알렉스」, 『세계의 끝 여자친구』)

역사테마소설집 『벌레들』은 "그들의 가슴속에서 빠지지 못한 채 녹슬어 가는" 아픔에 대한 이야기이면서 '사람답게 살 권리'에 대한 이야기입니다. '과거의 사실'을 말하고 있지만 현재의 우리 모습을 비추는 '지금, 여기'의 글이고, '앞으로의 삶의 방향'에 대한 글입니다.

그래서 저는 이 이야기들이 앞으로도 계속 쓰일 것이라고 생각합니다. 하지만 어떻게 쓰여지느냐는 여러분과 제가 걸어가는 방향에 따라 달라지겠죠?

● 임미진

울산 약사고등학교 국어 교사. 저서 『문학시간에 소설읽기』(공저).

바다로 간 달팽이 009

벌레들

1판 1쇄 발행일 2013년 10월 14일 • **1판 9쇄 발행일** 2022년 6월 27일
글쓴이 강기희 · 이성아 · 홍명진 · 최용탁 · 신혜진 · 이시백 · 이순원
펴낸곳 (주)도서출판 북멘토 • **펴낸이** 김태완
편집주간 이은아 • **편집** 김경란, 조정우 • **북디자인** 구화정 page9, 안상준
마케팅 이상현, 민지원, 염승연 • **출판등록** 제6-800호(2006. 6. 13.)
주소 03990 서울시 마포구 월드컵북로 6길 69(연남동 567-11), IK빌딩 3층
전화 02-332-4885 **팩스** 02-6021-4885

 bookmentorbooks__ bookmentorbooks bookmentorbooks@hanmail.net

ⓒ 강기희 · 이성아 · 홍명진 · 최용탁 · 신혜진 · 이시백 · 이순원, 2013

※ 잘못된 책은 바꾸어 드립니다.
※ 이 책은 저작권법에 따라 보호를 받는 저작물이므로 무단 전재와 무단 복제를 금합니다.
　이 책의 전부 또는 일부를 쓰려면 반드시 저작권자와 출판사의 허락을 받아야 합니다.
※ 책값은 뒤표지에 있습니다.

ISBN 978-89-6319-092-1 03810